Le cahier de Turin

Du même auteur
aux Éditions J'ai lu

PRIEZ POUR NOUS
N° 3138

UN JOUR, JE TE TUERAI
N° 5617

TROIS COUPLES EN QUÊTE D'ORAGES
N° 6555

MÉFIEZ-VOUS DES ÉCRIVAINS
N° 6696

LE CHAGRIN
N° 9574

Lionel

DUROY

Le cahier de Turin

ROMAN

J'AI LU

1

— Écoutez-moi, Curtis, je vous raconte comment je l'ai rencontrée et puis... Et puis vous me direz... Vous me direz sincèrement ce que vous pensez, n'est-ce pas ? En fait, c'est le type avec qui elle vivait à l'époque que j'ai d'abord repéré. Enfin, je ne savais pas encore qu'elle vivait avec lui... Attendez, je vous raconte... en commençant vraiment par le début, excusez-moi. Au début de l'été, j'avais emménagé rue du Transvaal, dans la maison que vous connaissez. Les gens étaient en vacances, toutes les écoles du quartier fermées, c'était très calme. Dans l'immeuble en face, vers dix ou onze heures, un homme s'accoudait à sa fenêtre pour fumer sa première cigarette – il tombait du lit, torse nu, les cheveux... Vous voyez, quoi... Au bout de trois ou quatre jours, nous avons fini par nous adresser de petits saluts. Il n'avait pas l'air écrasé de boulot et moi, à ce moment-là, je ne bossais pas non plus. Je soignais ma dépression, vous vous en souvenez peut-être, et pour le reste je vivais de vos avances sur des contrats futurs. Vous aviez confiance, vous pensiez qu'un jour je m'y remettrais... Ce fumeur, donc... Il était la seule présence humaine visible depuis chez moi. J'avais entrepris d'aménager une chambre pour Claire au grenier. Elle allait avoir quatre ans, c'était il y a dix ans. Oui, c'est ça, tout juste dix ans. Le fumeur avait une vue plongeante sur mon chantier par la fenêtre du grenier, un chien-assis. On se souriait, mais sans plus. À mon avis, nous ne souhaitions ni l'un ni l'autre que les choses aillent plus loin. En tout cas, moi, j'étais très bien tout seul, Claire et David étaient en vacances avec leur mère, je ne m'imaginais pas recevant quelqu'un, faisant la conversation. Même au meilleur de ma forme j'ai du mal avec la conversation, alors là...

« Une partie du mois d'août s'écoula ainsi, sans qu'il se passe rien, et puis un matin, tôt, comme j'étais à la fenêtre du grenier, une tasse de café à la main, je vis pour la première fois Hélène. Elle sortait de l'immeuble où habitait le fumeur. Son visage retint immédiatement mon attention. Immédiatement. Je ne sais pas comment vous expliquer ça, Curtis, il y a chez elle quelque chose de particulier entre le galbe du front, la perfection du nez et le trait net du menton qui force la curiosité. Une tension particulière. Je ne crois pas que ce soit d'emblée une question de charme ni de sensualité, non, d'émotion plutôt. Je crois qu'au premier regard on perçoit l'intensité dramatique du visage d'Hélène. En tout cas, moi. Moi je l'ai perçue. Le galbe obstiné du front, vous voyez, la perfection du nez, et ce menton trop féminin pour être bêtement qualifié de volontaire, mais volontaire cependant... La sensualité vient plus tard, lorsqu'on a su dominer son émotion. Je vous en parlerai si vous voulez. Mais je reviens à cette première fois... Oui. Et puis, encadrant ce visage, des mèches brunes en spirale retombant d'un invraisemblable chignon qu'elle avait dû se fabriquer dans l'ascenseur, les bras en l'air, sa grosse barrette entre les dents. Enfin, dans l'ascenseur, je ne sais pas, je devine, je l'ai tellement vue faire depuis... Il me semble qu'elle portait ce jour-là une de ces robes noires de paysanne, à pois blancs, des années 1940, vous savez, qu'on achète sur les marchés, une de ces robes qui se boutonnent sur le devant et qu'on fronce à la taille avec un simple nœud, comme les blouses d'écolier.

« Une fois sur le trottoir, elle parut hésiter sur la marche à suivre, sortit un portable d'une espèce de petit cabas rouge pailleté d'or qu'elle tenait au poignet, commença de pianoter dessus, le front soucieux, puis soudain elle s'interrompit, l'air mécontent, ou dépité. Oui, dépité. Alors elle rangea le portable et s'évanouit sur la gauche quelques pas plus loin, comme pour remonter vers le métro par la rue des Couronnes. À l'occasion, je vous montrerai un plan du quartier.

« Je me souviens nettement du vide que me laissa sa disparition. C'était ridicule, la scène n'avait pas duré plus d'une minute, mais j'éprouvais cette sorte de colère qu'on ressent lorsqu'on vous réveille au début d'un rêve qui s'annonçait... je ne sais pas... captivant. On a envie de frapper l'imbécile qui a fait ça, qui vous a secoué au moment où vous alliez enfin découvrir nue dans sa salle de bains votre voisine du dessus. Je dis n'importe quoi, hein, mais ce genre de chose. L'imbécile qui vous a privé d'un truc véritablement incroyable, inespéré. Pour moi, ç'aurait été de continuer à la regarder. Je ne suis pas en train de vous dire que je venais de tomber amoureux, Curtis, ni même que cette fille me plaisait, elle me plaisait, oui, certainement, mais je ne le savais pas, il était encore bien trop tôt, et d'ailleurs plaire n'est pas le mot, non, ce que j'essaie de vous exprimer, c'est combien je fus, dans la seconde, bouleversé par son visage. C'est ça, bouleversé... Je crois qu'à ce moment on m'aurait proposé une photo d'elle que je l'aurais achetée à n'importe quel prix. Je voulais pouvoir me planter là et la regarder, vous comprenez ? Et qu'on me foute la paix, que plus rien ne bouge autour de nous, que la Terre s'arrête de tourner si possible. La regarder jusqu'à épuisement. Il se passait en moi cette chose extravagante : la seule alchimie des traits d'une femme, à peine entrevue, me laissait abasourdi et furieux. Je voulais comprendre où se nichait le secret. Quelque temps plus tard, au restaurant, j'en arriverais à lui demander la permission d'effleurer les lignes de son visage du bout des doigts, et elle me laisserait faire, vous savez. Elle me laisserait faire, comme si ça allait de soi pour lier connaissance d'offrir aux caresses d'un homme dont on ne sait même pas le prénom la courbe de son front, les ailes de son nez, et sa bouche...

« Aussitôt après son départ je me surpris à imaginer sa vie. Selon moi elle avait entre vingt et vingt-cinq – vingt-six en réalité – et elle habitait chez ses parents, ou seule à la rigueur. Je ne me figurais pas un homme à côté de ce visage. La grossièreté des hommes, vous me comprenez, n'est-ce pas, Curtis, leur vulgarité, à côté... C'est amusant parce que plus tard, découvrant ses mains, ses doigts longs et curieusement fuselés, j'aurais la même forme d'appréhension à l'égard des couteaux, constamment peur qu'elle ne se blesse, au point d'éprouver des vertiges et de devoir m'allonger quand je l'entendrais de mon bureau éplucher des légumes.

« Elle dut plus ou moins m'occuper l'esprit tout au long de la journée car, au milieu de l'après-midi, je m'aperçus que je guettais son retour par la fenêtre. Distraitement au début, puis avec de plus en plus d'assiduité au fil des quarts d'heure. À ce moment-là je la supposais étudiante, travaillant au mois d'août dans une banque ou à la poste, le genre de boulot dont on sort à cinq heures au plus tard. Or elle n'apparaissait pas. Je me rappelle avoir été assez étonné d'en éprouver un agacement croissant, comme si nous avions eu rendez-vous et qu'elle me posait un lapin. Enfin, pourquoi n'arrivait-elle pas ? Soit je l'avais ratée, soit elle ne vivait pas dans cet immeuble. Elle y avait exceptionnellement passé la nuit parce que sa grand-mère, ou une de ses tantes, y habitait, et peut-être n'allait-elle plus revenir dans le quartier avant six mois... Vers neuf heures, exaspéré d'avoir perdu ma soirée, je partis dîner sur le boulevard de Belleville.

« Côtoyer des gens normaux m'avait fait du bien, et en rentrant, vers minuit, je retrouvai un certain plaisir à inspecter mon chantier. L'isolation de la toiture touchait à sa fin, il me restait à entreprendre le plus gratifiant, les peintures. Y songer, en me mettant au lit, me ramena aux enfants ; ils commençaient à me manquer et c'est une sensation que j'aime.

« N'empêche, le lendemain matin j'étais à la fenêtre avant sept heures. L'excitation de la veille m'avait repris : si par chance elle habitait ici, je ne pouvais pas la rater, cette fois. Vers huit heures moins le quart, une grosse voiture noire vint se garer devant l'immeuble, quasiment sous le porche, Curtis, vous comprenez, quasiment sous le porche, de sorte qu'elle me cachait une grande partie des portes vitrées. Cela me remit en colère, il y avait de la place partout, pourquoi cet imbécile bouchait-il la sortie ? Je ne dis pas qu'Hélène allait se volatiliser pour autant, mais enfin c'était énervant qu'à cause de ce crétin je ne puisse pas disposer d'un angle de vue parfaitement dégagé. Pendant plusieurs minutes il resta scotché à son volant, accroissant considérablement mon exaspération. L'idée me traversa de lancer un truc sur sa belle carrosserie pour le faire bouger. Puis, soudain, je le vis surgir comme un ressort, et au même moment apparut Hélène. J'en eus le souffle coupé. Un instant, je crus qu'il allait la ceinturer, mais pas du tout, s'il s'était précipité, figurez-vous, c'était pour lui ouvrir la portière arrière. J'eus à peine le temps de la voir sourire, imperceptiblement sourire – il l'avait déjà engloutie. Les deux portières claquèrent aussitôt et la belle auto glissa sur la droite, dans le sens de la pente, avant de s'effacer.

« La présence d'un chauffeur dans l'existence d'une si jeune femme me plongea dans une grande perplexité. Elle n'était sûrement pas étudiante. À son âge, elle n'était vraisemblablement pas non plus pédégète. Il me vint à l'esprit qu'elle pouvait être call-girl, mais ça ne collait ni avec son visage ni avec cette robe bon marché qu'elle portait la veille. Là, je n'avais rien pu deviner de sa tenue, mais le sourire discret qu'elle avait eu pour remercier le chauffeur me parut, avec le recul, d'une élégance étudiée, d'une élégance d'enfant zélée, vous voyez, désireuse de faire comme les grandes personnes rompues aux usages du pouvoir, de la puissance. Oui, voilà, c'était à mon sens un sourire trop bien calibré pour être naturel. J'en déduisis qu'elle n'avait pas l'habitude de se faire trimbaler par un larbin à l'arrière d'une limousine et, presque machinalement, comme par réflexe professionnel, je me mis à l'imaginer toute seule devant sa glace en train de répéter la scène à laquelle je venais d'assister. Vous comprenez, Curtis, j'avais bien perçu, le premier matin, quand elle avait rangé son portable, un peu malheureuse, ou contrariée, qu'elle n'était pas si à l'aise que cela dans la vie. Mais devant le chauffeur elle avait joué à merveille la grande dame. C'est peut-être à ce moment-là que j'ai commencé à l'aimer, en me la figurant tendue et concentrée pour avoir l'air de ce qu'elle n'était pas. Pas encore, du moins. Enfin, je ne sais pas, je ne sais toujours pas qui elle est, Curtis, je ne sais toujours pas qui se cache derrière ce visage si magnifiquement obstiné, et c'est bien pourquoi je vous raconte tout ça, d'ailleurs.

« C'est elle, ce matin-là, qui m'a ramené à ma table de travail, au lieu que je termine l'isolation. Je ne m'étais pas assis devant une feuille blanche depuis cinq ou six mois et là, subitement, j'en avais très envie. Mais les seules choses qui me vinrent furent des ébauches de son profil, moi qui ne sais pas dessiner, puis seulement du haut de son visage, le front, l'arête du nez, l'arcade sourcilière, ça se situait là, j'en étais sûr, et je voulais follement trouver. Évidemment, je ne parvins à rien.

« Ce soir-là, je sortis vers huit heures. Je ne l'avais pas guettée de tout l'après-midi, rien. J'avais maintenant la certitude qu'elle habitait cet immeuble et que je pourrais l'observer à loisir chaque matin. Mon intention était de prendre le frais dans le parc de Belleville avant de descendre dîner sur le boulevard, comme la veille, mais le parc était en train de fermer et du coup j'empruntai la rue des Envierges pour faire le tour du pâté de maisons. L'été, rue des Envierges, les gens sortent des chaises et ils bavardent sur le trottoir. C'est peut-être le plus bel endroit de Paris pour contempler le coucher de soleil. Je découvrais cela avec l'enthousiasme béat du touriste, je ne savais pas encore que la rue des Envierges était par ailleurs le rendez-vous de prédilection des dealers du XXe et qu'on me déconseillerait bientôt de laisser David s'y promener tout seul en rollers. Enfin, je venais de reprendre mon petit tour après avoir suivi l'éclipse du soleil derrière le mont Valérien, quand mes yeux encore éblouis rencontrèrent les talons du couple qui marchait à une dizaine de mètres devant moi. Lui était strictement chaussé de noir sous un pantalon clair au pli impeccable, tandis que la femme allait sur d'impressionnants talons roses. Ce rose métallisé des voitures américaines. Levant le regard, je notai l'extrême raffinement de l'homme, tout en clair, tandis que sa compagne aurait pu être vulgaire avec une jupe qui lui tombait au ras des fesses dans ce quartier où les mères de famille, arabes pour beaucoup, se couvrent comme des religieuses. Mais assez curieusement ces jambes nues n'appelaient pas la lubricité, comme si l'élégance les en protégeait. Je crois que le déclic se produisit en moi au moment où je me faisais cette réflexion. Aussitôt je levai les yeux : c'était elle, avec son inimitable chignon. Alors, le cœur gonflé à se rompre, je m'enquis de l'homme : le fumeur ! Le fumeur, Curtis. Ce type un peu déprimant qui se levait à onze heures marchait à présent à côté de cette fille. Et habillé comme un prince – Humphrey Bogart dans *Casablanca*.

« Dans la fraction de seconde qui suivit, et alors que je m'étais immobilisé, j'assistai à l'effondrement de mon roman : non seulement elle ne vivait pas avec ses parents, mais elle avait déjà fait avec un homme ce qu'une femme et un homme font généralement ensemble. J'étais assez près de penser, étant donné l'émotion qu'elle m'inspirait, qu'un homme ne pouvait pas sortir indemne d'une telle aventure, pas plus qu'on ne sort indemne d'un pèlerinage en lieu saint, et c'est idiot, n'est-ce pas, mais je voulus voir aussitôt de près la tête qu'avait celui qui avait étreint cette femme. Je pensais confusément que ce moment inouï avait forcément laissé une empreinte profonde dans l'expression de ses yeux, ou sur son visage, qui, de loin, ne m'avait pas paru particulièrement intéressant.

« Entre-temps, ils m'avaient distancé d'une cinquantaine de mètres. Je les rejoignis sur une petite place, à l'intersection de la rue des Envierges et de la rue de la Mare. Le soir tombait rapidement, maintenant. Il y a là quelques lampadaires, et deux ou trois cafés, dont l'un reste ouvert tout l'été, Les Balcons. Ils étaient en train de s'asseoir en terrasse. Si je les imitais, le fumeur allait me reconnaître et le risque était immense qu'une conversation oiseuse s'engage alors entre lui et moi, sous les yeux d'Hélène, qu'il me présenterait ou ne me présenterait pas, peu importe, car dans les deux cas de figure ça n'était sûrement pas de cette façon que je voulais entrer dans sa vie. Je poursuivis donc mon chemin en feignant de les ignorer et, dix minutes plus tard, surgissant par l'étroite ruelle des Cascades qui débouche derrière Les Balcons, je pénétrai dans le café sans qu'ils me voient. Ils étaient les seuls en terrasse, vaguement éclairés par le réverbère, et je me trouvais donc attablé dans la salle, derrière eux, légèrement en contrebas, un peu comme un souffleur au théâtre.

« Ils se disputaient, Curtis. Je mis un certain temps à le comprendre car ils se tenaient absolument silencieux, chacun semblant absorbé dans ses propres rêveries, lui les bras croisés et les jambes allongées, elle fumant. Parfois elle levait les yeux pour suivre le passage d'une étoile, ou d'un avion, et je devinais un peu de son profil, mais, sinon, je devais me satisfaire de leurs deux nuques. Et puis il se produisit un incident qui précipita les choses ; elle tendit le bras pour lui toucher l'épaule, ou le coude, à mon avis pour lui prendre la main s'il voulait bien décroiser les bras, mais au lieu de ça il se recula sèchement. Elle ne dit rien, et se mit alors curieusement à le fixer, m'offrant son profil, à le fixer avec une espèce d'incrédulité qui de seconde en seconde entamait cet aplomb qui semblait l'habiter en permanence.

« Lui ne décolérait pas et elle, malgré le mal qu'il lui faisait, continuait de le dévisager. Ils étaient émouvants l'un et l'autre, lui embarqué dans cette forme de surenchère que pratiquent les enfants gâtés, et elle manifestement prise de court par son propre désarroi.

« Enfin il se leva, jeta quelques pièces sur la table avec une arrogance qui me parut un peu feinte, et se dirigea vers la rue des Pyrénées, à l'opposé de chez eux. Elle comme moi nous le suivîmes des yeux, il remontait la rue de la Mare, très droit, les mains dans les poches, son costume clair tranchant dans la nuit. Où allait-il sans elle à cette heure-ci ?

« Elle ne bougea pas pendant un bon moment – je n'avais de nouveau que sa nuque à contempler – et soudain elle sortit son portable. J'eus le sentiment de revivre la scène du premier matin, c'est-à-dire qu'elle pianota nerveusement pour aussitôt renoncer. Elle s'interdit de l'appeler, pensai-je, elle est assez forte pour ne pas se laisser entraîner dans son jeu. Avec soulagement je me dis qu'il pouvait certainement la faire souffrir mais qu'il ne la mettrait pas à genoux. Sûrement pas.

« Puis subitement elle se leva et entra. C'était presque irréel de la voir traverser cette salle, sous mon nez pour ainsi dire. Le patron la connaissait car ils échangèrent quelques mots en plaisantant et après lui avoir rendu sa monnaie il lui offrit un porte-clés. Elle avait retrouvé cette assurance qui lui permettait d'apparaître au bar à demi nue sur ses talons roses sans essuyer le plus petit sarcasme. Enfin, à demi nue, j'exagère, mais vous me comprenez, n'est-ce pas ?

« Elle se retourna pour partir, et je m'attendais à bien profiter de son second passage, mais alors elle m'aperçut et vint tranquillement vers moi.

« — Bonsoir ! Je ne vous avais pas remarqué, ça fait longtemps que vous êtes là ?

« — On se connaît ? dis-je stupidement.

« — Moi je vous connais, vous habitez sous mes fenêtres ! Je vous ai vu emménager avec vos enfants. Ça va ? Vous êtes bien installé ? enchaîna-t-elle, soudain affable, presque familière.

« Je ne savais pas encore qu'elle usait couramment de ce ton, aussi bien avec les marchands de légumes du métro qu'avec tel ou tel ministre qu'elle croisait dans son boulot. Je n'avais encore aucune idée de son incroyable capacité de séduction, et je pris donc pour argent comptant cet assaut de bienveillance. Elle était plantée debout au-dessus de ma petite table rouge, vous voyez, et elle me souriait. Pour la première fois je croisais son regard. Des yeux noirs très lumineux, plus ou moins pailletés d'or selon le ciel. Enfin, ça, je ne l'ai su que plus tard. Mais ce soir-là elle jouait beaucoup de son charme. Beaucoup. Elle était irrésistible, Curtis, je ne sais pas comment vous le dire autrement...

« Je répondis que ça allait, oui, et, comme je m'embarquais dans le récit confus de mes problèmes d'isolation, je m'interrompis, sincèrement en colère contre moi-même.

« — Mais asseyez-vous ! Pourquoi est-ce que je vous raconte ces conneries...

« Elle rit, tout en continuant à me couver des yeux. Toujours ce truc qu'on peut facilement prendre pour une déclaration alors que je vous assure, elle le fait tout le temps, sauf avec les gens qui lui déplaisent carrément.

« — Je vous envie de bricoler, dit-elle, moi je ne sais même pas poser une étagère, et mon mari non plus, d'ailleurs...

« Ah bon ! Cet élégant ombrageux était donc son mari.

« — On peut prendre un verre dehors si vous préférez, proposai-je en me levant puisqu'elle ne s'asseyait pas.

« Elle sembla vouloir se faire prier, balança un instant la tête.

« — Hum... d'accord ! dit-elle finalement.

« Mais elle me parut très satisfaite de la façon inattendue dont se poursuivait sa soirée.

« En terrasse, elle m'offrit une cigarette, je ne fumais déjà plus, en alluma une, et m'annonça qu'elle aimait beaucoup ce quartier, et plus généralement Paris. Je lui dis, moi, que je n'aimais pas Paris et que j'y habitais désormais pour me rapprocher de la mère des enfants, mais que ça allait cependant parce que j'avais trouvé cette maison avec un jardin.

« — Je suis malheureux sans jardin.

« — Moi, je ne pourrais plus vivre sans cafés, me rétorqua-t-elle, j'ai été élevée à la campagne, là-bas, chacun vit dans son trou, il n'y a aucun endroit pour se retrouver…

« Peut-être s'aperçut-elle que je la regardais fixement et que je ne prêtais pas une grande attention à ce qu'elle me racontait.

« — Excusez-moi, dis-je, vous avez dîné ?

« Je pensais que je devais trouver rapidement un moyen de la retenir, si possible dans un lieu mieux éclairé que cette petite place où je devinais difficilement ses expressions.

« — Un italien, proposa-t-elle, ça vous va ? J'en connais un en allant vers la République.

« Oui, elle avait l'air très satisfaite du tour que prenait la soirée.

« Nous descendîmes à pied par la rue Jean-Pierre-Timbaud. Elle marchait vite, tout en me vantant les avantages du quartier. Le soir, il y avait, paraît-il, des tas de restaurants africains, ou mexicains, et des cafés qui fermaient tard. Rue Saint-Maur par exemple.

« Elle me saoulait d'informations dont je ne retenais pas le dixième. Je me contentais d'acquiescer en songeant, avec un désappointement croissant, combien nous étions différents. Je déteste sortir le soir, Curtis, vous êtes au courant, n'est-ce pas, depuis le temps qu'on se connaît. La musique et la fumée me donnent la migraine, et d'ailleurs je me couche rarement après onze heures. Il ne me vint pas à l'esprit que je l'intimidais – ce qu'elle prétendit des années plus tard quand je lui rappelai cette soirée – et qu'elle disait absolument n'importe quoi pour meubler la conversation. J'étais moi-même transi, et plus je l'observais, plus mon cœur me paraissait à l'étroit. Jamais aucun visage de femme ne m'avait fait cet effet. Elle effaçait le reste du monde, elle était incroyablement présente, émouvante. Tout, jusqu'à cet acharnement à m'énumérer des bars dont je n'avais rien à faire.

« Enfin nous arrivâmes, et bien sûr le patron vint l'embrasser. À peine assise, elle enchaîna sur la cuisine italienne. À ce moment-là je n'avais plus toute ma tête ; j'étais en même temps subjugué et infiniment désireux qu'elle se taise. J'avais besoin de calme pour reprendre mes esprits. Je tendis le bras spontanément, comme on le fait pour réclamer le silence, vous voyez, mais au lieu de s'en tenir là mes doigts vinrent très légèrement se poser sous son oreille, à l'attache du cou. Elle s'interrompit en plein milieu d'une phrase et devint soudain très grave. Dans ce cas-là elle prend un masque de Vierge espagnole, lisse et douloureux en même temps.

« — Est-ce que je peux toucher votre visage ? lui demandai-je.

« Je vous ai déjà raconté. Elle ne fit rien pour m'en empêcher, mais durant les quelques instants que dura mon exploration elle conserva cette espèce d'affliction dans le regard. Je ne la connaissais pas, j'ignorais que c'était sa façon de réagir à l'émotion.

« Alors je ne sais vraiment pas quel esprit crétin me souffla les mots que je vais vous répéter, Curtis, mais je m'entendis nettement les prononcer :

« — Je crois que je suis un peu amoureux.

« Ça n'était pas un peu, j'étais sens dessus dessous. Mais, surtout, qu'est-ce qu'il faut avoir dans la tête, à près de quarante ans, pour se déclarer aussi niaisement ?

« Je ne comprends toujours pas pourquoi elle n'a pas éclaté de rire. À deux reprises, depuis, j'ai essayé de lui faire avouer ce qu'elle avait pensé à ce moment-là et chaque fois elle l'a très mal pris. Je veux dire qu'elle m'a regardé comme si je la décevais, vous voyez, et les choses en sont restées là. Au lieu de ricaner, donc, elle s'empara de ma main sur son cou et y déposa sa joue.

« J'étais trop abasourdi pour ajouter quoi que ce soit. Vous savez, Curtis, c'est comme si, tendant le bras vers une vitrine de Van Cleef & Arpels, vous vous retrouviez avec une rivière de diamants au creux de la main. C'était mystérieux, miraculeux, inconcevable. Je sentais son souffle sur mes doigts. Elle respirait vite, elle avait fermé les yeux.

« Quand elle eut mis un terme à cet échange, ce fut pour me fixer avec une solennité voulue. Je crus qu'elle allait me rappeler qu'elle était mariée. Mais non. Elle me demanda s'il y avait quelque chose en elle qui ne me plaisait pas. Je dis que je ne comprenais pas la question, alors elle m'expliqua, avec une étonnante maîtrise d'elle-même, qu'elle pouvait désormais s'habiller différemment si je préférais, ou aller chez le coiffeur.

« — Ah non ! Surtout pas le coiffeur, vous êtes si jolie avec ce chignon...

« Aussitôt elle eut ce regard douloureux, comme si j'avais formulé une indécence.

« Je ne me rappelle rien d'autre de ce dîner, si ce n'est une impression d'incrédulité qui alla grandissant et ne me lâcha plus. Comme je me taisais, elle parlait ; je feignais de l'écouter tout en tâchant fiévreusement de reconstituer mot à mot cette scène extravagante : avais-je rêvé ou m'avait-elle réellement annoncé que *désormais* elle allait s'habiller comme j'aimais, se coiffer comme j'aimais ? *Désormais !* Quatre jours plus tôt j'ignorais jusqu'à son existence... Il m'effleura qu'elle avait eu plus de temps que moi puisqu'elle avait assisté à mon emménagement au début de l'été, m'avait-elle dit, mais j'étais trop agité pour en tirer une hypothèse quelconque.

« Quand nous sortîmes du restaurant, deux ou trois heures s'étaient écoulées depuis nos déclarations mutuelles et nous n'y avions plus fait allusion. Qu'allait-il se passer maintenant ? Nous remontions silencieusement la rue. Soudain, elle fut en face de moi, les mains à plat sur ma poitrine.

« — C'est bien que vous ne m'ayez pas embrassée, au restaurant, je n'aurais pas aimé. J'ai pensé qu'on devrait partir ensemble quelque part pour la première fois.

« Mobilisant le peu de clairvoyance qui me restait, je parvins à demander où. Où souhaitait-elle aller ?

« — Dans un endroit qui nous ressemble, me dit-elle.

« Nous repartîmes. Un peu plus loin, elle prit ma main dans la sienne, la pressa doucement puis la relâcha, comme si elle avait déjà trop abusé. Elle était excitée et heureuse, je le sentais à son pas, à son souffle, et aussi profondément satisfaite de la façon dont les événements se mettaient en place. Cela aussi je le percevais.

« Nous nous séparâmes devant mon portail en convenant de nous retrouver le surlendemain au métro Jourdain, à treize heures précises, pour notre voyage de noces.

« Je fus soulagé d'être enfin seul. Elle avait proposé tout ce que je pouvais espérer, mais bien avant que l'idée ne m'en vienne. C'était vertigineux, peut-être même vaguement inquiétant. Elle ne m'avait pas laissé le temps d'éprouver du désir. Le désir de l'embrasser, par exemple. Pas une seconde je n'y avais songé, au restaurant, sinon, je l'aurais sûrement fait. Et je l'aurais déçue. J'avais encore besoin de la regarder, tout simplement, et elle en était déjà à nous construire des souvenirs.

« Cette nuit-là, dans une paix relative, je parvins à la conclusion que, m'ayant vu la première, elle avait dû échafauder des rêves secrets, sur moi, je veux dire, des rêves qu'avait libérés ma soudaine entrée en scène au café. C'était difficile à admettre, mais je ne voyais pas d'autre explication à l'emballement de notre histoire. Je parle d'une paix relative parce que j'avais vingt-quatre heures seulement pour organiser notre voyage et que j'avais pu mesurer combien il était important de ne pas décevoir ses attentes.

« Je vous ai appelé le lendemain matin, Curtis, vous vous en souvenez peut-être. “Si vous deviez emmener une femme quelque part, vous ai-je demandé, où iriez-vous ?” Vous vous êtes gentiment moqué, naturellement. Non, le Grand Hôtel de Cabourg ne faisait pas vraiment l'affaire, elle détestait la campagne, elle n'aimait que les villes, et encore, à condition que les cafés y soient nombreux. “Allez à Turin”, m'avez-vous dit. C'est le meilleur conseil que vous m'ayez jamais donné.

« Nous étions face à face dans le train. Elle avait coincé une de mes chevilles entre les siennes. Elle lisait, et de temps en temps elle levait sur moi un regard grave, un peu lourd. C'était bien, ce silence, rien ne me distrayait d'elle, je comblais mon retard d'une certaine façon, et petit à petit elle s'incarnait. Je n'avais pas eu le loisir de la désirer et maintenant le désir s'installait. C'était enivrant, déroutant aussi. “Dans un endroit qui nous ressemble.” Qu'avait-elle voulu dire ? Est-ce que Turin nous ressemblait ? Elle n'y était jamais allée, et moi non plus. À part l'émotion dont elle m'abreuvait, et le trouble à présent, je ne savais rien d'elle. Que savait-elle de moi ? Qu'avions-nous en commun ? Elle semblait avoir déjà son opinion là-dessus.

« Il était assez tard, peut-être dix ou onze heures, quand nous arrivâmes à Turin. J'avais réservé un hôtel en plein centre, place San Carlo, ça n'était pas loin de la gare et nous y allâmes à pied. Je me souviens qu'elle s'était habillée comme un garçon pour le voyage – un jean beaucoup trop large qu'elle avait serré au-dessus du nombril, et des baskets. C'était un vendredi soir, on aurait dit que toute la ville s'était donné rendez-vous place San Carlo. Des couples en voiture et des jeunes en scooter tournaient en rond dans une invraisemblable pagaille, la musique à fond, s'interpellant, slalomant, tandis qu'au centre certains s'arrêtaient pour discuter, portières ouvertes, ou assis crânement sur un scooter, un genou en l'air. On pouvait suivre cette espèce de parade lumineuse sans queue ni tête des terrasses des cafés, sous les arcades. Les cafés de Turin, Curtis !... Je l'entendis me dire que nous allions déposer nos sacs à l'hôtel et redescendre prendre un verre. Cela m'allait qu'elle sache ce qu'il fallait faire, cette énorme agitation m'avait brutalement tiré de mon puzzle amoureux et j'étais un peu sonné.

« La chambre donnait au-dessus de la place par deux petites fenêtres mansardées. Elles étaient ouvertes. On avait juste rabattu les persiennes, de sorte que le souffle tiède de la nuit entrait en même temps que la rumeur du carrousel en contrebas. Je vis le lit, l'armoire à glace, la silhouette d'Hélène qui déposait son sac, tout cela en un clin d'œil dans la pénombre striée de rais pâles, et une onde brûlante me submergea le cœur. Hélène me tournait le dos, mais en se redressant elle m'aperçut dans la glace et se figea. C'était équivoque, extrêmement sensuel. Je ne sais pas combien de temps nous restâmes là sans bouger, à nous épier dans le grand miroir de l'armoire, mais au fil des secondes, comme mes yeux s'habituaient, je distinguais mieux son visage. Les traits avaient perdu de leur netteté, comme si un léger tremblement l'agitait. Hélène pense que chaque moment se construit, se mérite, je crois que contrairement à l'image qu'elle donne d'elle-même, elle n'aime ni l'improvisation ni la folie. Elle avait attendu ce moment et soudain il était là, elle le reconnaissait. Je pense que tout lui convenait dans la scène qui se jouait maintenant presque malgré nous, le décor suranné de cette chambre, l'heure tardive, le bruit de la ville en bas, notre dépaysement.

« Voilà, Curtis, je voudrais mettre Hélène dans un livre, vous l'avez compris, n'est-ce pas ? Que le livre la contienne. Hélène, tout ce que je devine d'elle. Le monde vient d'exploser, nous sommes au bord de la guerre, et pourtant je ne vois rien de plus urgent que d'écrire ce livre.

2

En sortant de son déjeuner avec Curtis, Marc constata qu'il était à peine plus de trois heures – il avait donc une bonne heure devant lui. Ces derniers jours il avait énormément plu sur Paris, mais cet après-midi-là un soleil estival se jouait des nuages. Il descendit jusqu'à la Seine, la franchit sans trop y réfléchir, et une fois sur l'autre rive décida de remonter à pied par les quais jusqu'aux Invalides ; là seulement il prendrait le métro. Raconter sa rencontre avec Hélène l'avait mis dans un drôle d'état, il était confusément en colère contre lui-même, vaguement dégoûté par son éloquence, par son personnage. La dernière scène surtout le gênait. Curtis était plutôt secret, plutôt pudique, qu'avait-il eu besoin de lui décrire l'émotion d'Hélène devant le miroir, dans la chambre ? Tous les couples connaissent de tels moments, et ils n'ont pas pour autant le sentiment d'être plus intéressants que le commun des mortels. Il avait raconté cette scène à dessein pour atteindre Curtis, pour qu'il tombe à son tour sous le charme d'Hélène. Oui, mais ça n'expliquait pas pourquoi il éprouvait cette espèce d'écœurement à se remémorer ses propres mots. Ça n'expliquait pas... Alors seulement il lui apparut qu'il avait triché. Mais naturellement il avait triché ! Ça ne s'était pas passé comme il l'avait dit, il avait reconstruit l'histoire pour lui donner ce parfum d'absolu, de romantisme, qui n'était pas vraiment au rendez-vous. Il y avait une ombre au tableau qu'il avait plus ou moins gommée. Elle s'était en effet déshabillée devant la glace mais lui, au lieu d'en être transi, en avait d'abord éprouvé de l'agacement. De l'agacement, aussi incroyable que cela lui parût aujourd'hui. En réalité, ce voyage à Turin avait été d'emblée plombé. Pas dans le train. Dans le train, ç'avait été comme il l'avait relaté, un tendre et silencieux puzzle amoureux. Le désespoir l'avait rattrapé en débarquant à la gare de Turin. Soudain l'éloignement avait ravivé l'angoisse qu'on lui vole ses enfants. Cette angoisse irrépressible. Mon Dieu, comment avait-il pu céder à cette folie ? « Vous voulez bien m'attendre cinq minutes, j'ai un coup de fil à donner, c'est très urgent. » Il était tard, Claire et David dormaient, bien entendu, il était tombé sur son successeur dans le cœur d'Agnès, ce prétendu explorateur qui, avec son insupportable accent chantant du Midi, lui avait annoncé qu'ils s'envolaient le lendemain matin tous les quatre pour un séjour aux Antilles et qu'en conséquence il devrait attendre la rentrée scolaire pour entendre ses enfants.

Ils allaient partir sans un mot de lui. Claire s'étonnerait du silence de son père et personne ne prendrait la peine de lui expliquer qu'il n'avait plus aucun moyen de la joindre. L'explorateur était un pervers qui rêvait secrètement de prendre sa place auprès des enfants, comme il l'avait prise auprès d'Agnès. Marc en était persuadé.

Une grande partie de la nuit, Hélène l'avait distrait de cet abîme. Oui, songea-t-il, « distrait » a la cruauté qui convient. Il s'était réveillé fébrile, les membres glacés, le ventre noué. Toute la journée Hélène avait été près de lui, mais curieusement, alors qu'il traversait des moments d'anxiété épouvantables, sa présence ne lui avait pas pesé. Il se souvint même s'être endormi la tête sur ses genoux, en milieu d'après-midi, dans un parc. Ils s'étaient promenés sans beaucoup se parler, se touchant à peine, étrangement distants pour de jeunes amants. Il essaya de se la remémorer, non pas dans le roman qu'il avait servi à Curtis, mais dans la réalité de ce samedi d'août à Turin, dix années plus tôt. Et subitement il la revit écrivant à la table d'un café minuscule lové dans une des courbes de la place Vittorio Veneto. Ils avaient découvert ce café le matin et elle avait voulu y retourner en fin d'après-midi. Voilà, exactement, en remontant du parc. Certains détails lui revenaient à présent. Son envie de rallumer une cigarette par exemple ; Hélène fumait sans arrêt en ce temps-là. Par instants, elle levait les yeux de son cahier, comme pour s'assurer qu'il ne s'était pas enfui, lui caressait furtivement la main et aussitôt s'y replongeait. Mais merde, ce cahier ! Ce cahier ! Où était-il passé ? Marc se figea et un jogger qui s'apprêtait à le dépasser l'évita de justesse en jurant. Ce cahier ! Elle le lui avait offert le lendemain, dans la chambre, en revenant du petit déjeuner. Il revit soudain la scène comme si c'était hier.

— Tiens, c'est tout ce que je n'ai pas pu te dire depuis le premier jour.

Et elle avait disparu jusqu'à midi. Sans doute pensait-elle qu'il le lirait.

Il avait été abasourdi par la quantité de pages noircies d'une écriture minuscule, pratiquement illisible, cette écriture qu'il déchiffrait facilement aujourd'hui mais qui, à ce moment-là, l'avait découragé. Et puis à quoi rimait cette avalanche invraisemblable de mots, quant ils en étaient tout juste à se découvrir ! Ça n'étaient que des prétextes pour ne pas lire, naturellement. En réalité, il s'était réveillé ce dernier matin dans la hâte d'être chez lui, à Paris, comme si cela le rapprochait de ses enfants. La seule chose de ce cahier dont il se souvenait, c'est que les premières lignes étaient datées de juillet, ce qui prouvait qu'Hélène avait commencé à lui écrire bien avant que lui la remarque. Bien avant.

L'incrédulité le cloua un long moment sur place – comment avait-il pu ne pas dévorer ces lignes ? De tous les cadeaux qu'Hélène lui avait offerts depuis, celui-ci était certainement le plus touchant. Et il ne l'avait pas ouvert ! Non, c'était impossible. Inimaginable. Absolument inimaginable. À plusieurs reprises il se passa la main sur le front, comme un homme en colère contre sa propre mémoire, prêt à parier qu'il avait lu ce cahier, bien sûr, mais un peu plus tard, dans d'autres circonstances. Enfin, merde ! Merde ! Ça allait lui revenir, c'était impossible autrement, il n'avait pas pu… Mais pas une phrase d'Hélène ne surgissait. Pas une… Rien… Le souffle lui manqua quand il dut se rendre à l'évidence. Il était honteux, ahuri. Cependant, très vite il sentit monter comme un bouillonnement, une excitation salvatrice de jeune chien : il allait remettre la main sur ce truc, tout simplement. Et le lire. Le LIRE. Cette perspective exaltante l'incita à repartir. Et même à courir. Il allait remettre la main dessus ! Ça ne le réconcilierait pas avec l'homme qu'il avait été dix ans plus tôt, mais ça lèverait comme par magie la grande énigme du livre qu'il voulait consacrer à Hélène : pourquoi avait-elle mis ses pas dans les siens avec une résolution que rien ni personne n'avait jamais pu entamer ? Pourquoi ?

Il déboula du quai hors d'haleine. À la station Invalides, il y avait plusieurs taxiphones.

— Ah, Édith ! Passez-moi Hélène s'il vous plaît.

— Elle est en réunion.

— Vous ne pouvez pas la déranger ?

— Si c'est urgent je peux essayer.

Il faillit répondre que ça l'était mais réalisa qu'il venait de laisser filer dix années sans se demander un seul instant où était passé ce cahier et il ne parvint qu'à émettre une espèce de grognement de dépit.

— Pardon ? s'enquit Édith.

— Ne faites rien, je rappellerai.

C'était un bouleversement considérable, ce manuscrit. Si seulement il s'était souvenu de son existence deux heures plus tôt, il en aurait parlé à Curtis, il n'aurait même parlé que de cela.

Penser qu'elle lui avait écrit durant des jours alors qu'il découvrait son jardin, sa maison, avec David et Claire au début... Mais où se cachait-elle ? Comment avait-elle fait pour qu'il ne la voie pas ? Et que lui racontait-elle sur lui, sur eux trois ?... Sur elle ! Sur elle, surtout ! La clé de leur histoire se tenait évidemment entre ces lignes. Et lui qui avait dit à Curtis qu'il ne savait toujours pas qui se cachait derrière ce visage « si magnifiquement obstiné » ! Quel con ! Mais quel con !

Quatre heures, il n'avait plus qu'à rentrer, maintenant. Et vite. Un cahier d'écolier, oui, mais dont il n'aurait même pas su dire la couleur. Il songea qu'il pouvait être dans l'une ou l'autre des boîtes à chaussures dans lesquelles elle remisait ses souvenirs d'enfance. Des lettres et des photos essentiellement. Il régnait autour de ces boîtes une tension palpable. Personne n'avait le droit d'en approcher, et quand Hélène se plongeait dedans elle en devenait méconnaissable – comme si tout l'agaçait subitement. Le mieux était de s'en aller, de la laisser. Il lui revint que Humphrey Bogart avait volé ces boîtes, et menacé de les détruire, quand Hélène l'avait quitté pour venir vivre chez Marc. Hélène avait dû porter plainte et quelques mois plus tard la police l'avait avertie qu'elle pouvait passer au commissariat reprendre ses trésors. Cela avait certainement contribué à installer ce climat de suspicion. Marc pensa qu'il allait exceptionnellement s'autoriser à entrouvrir les boîtes. D'ailleurs, le cahier était à lui ; s'il l'y découvrait, il le reprendrait, voilà tout.

Il n'avait rien trouvé, et il s'apprêtait à courir à l'école, quand il reconnut la petite voix syncopée d'Anna.

— T'as pas le droit ! Je m'en fiche, si tu recommences je le dis à maman. J'ai pas envie d'être punie à cause de toi.

Elles ne l'avaient pas attendu devant l'école, elles entraient dans le jardin, Anna devant, Colline en retrait tirant son ciré par la capuche, le ventre nu débordant sous le tee-shirt.

— Ça va pas, les filles ? C'est quoi le problème ?

— J'en ai marre de cette idiote, je la veux plus dans mon école.

— Anna !... Qu'est-ce qui s'est passé ? Raconte-moi.

— Elle mange du chewing-gum à la récréation, voilà ce qui s'est passé !

Anna avait tapé du pied en jetant son cartable dans l'entrée, et la porte des toilettes venait de claquer violemment.

— Tu manges du chewing-gum à la récré, Colline ? dit Marc en l'embrassant.

— C'est même pas vrai !

— De toute façon, c'est pas bien grave...

Alors la porte des toilettes se rouvrit comme sous l'effet d'un cyclone.

— Si, c'est grave ! hurla Anna en sautillant imperceptiblement tout en reboutonnant son pantalon, toi, papa, tu sais rien du tout, c'est marqué dans le règlement je te ferai dire.

— D'accord, fais-le-moi dire, ma chérie...

Marc souriait, Anna se laissa enlacer.

— Allez venez, on va goûter, dit-il.

Anna avait les yeux noirs d'Hélène et ces yeux, malgré le réconfort du chocolat, étaient encore chargés d'une énorme colère contre Colline. Ils lançaient des éclairs assassins par-dessus la table. Colline ne semblait pas en prendre ombrage. Elle avait enfoui son bras dans un nouveau paquet de corn flakes et chantonnait tout en cherchant le cadeau que promettait l'emballage.

— Ça m'étonnerait que tu le trouves, dit Anna. Et en plus tu t'es même pas lavé les mains, c'est dégoûtant !

L'existence de Colline n'apportait que des déboires à Anna, qui prétendait qu'elle était bien plus heureuse avant sa naissance et envisageait même parfois de la tuer. Elles avaient trois ans d'écart. Par moments, on sentait qu'Anna prenait sur elle pour redresser la situation, s'investir, faire quelque chose pour bonifier Colline, mais chaque fois celle-ci la décevait. Ça n'était pas aussi clairement exprimé, mais le résultat était là : de nouveau découragée par sa petite sœur, Anna repartait dans une guerre des nerfs qui la consumait sans paraître pour autant affecter Colline. Sa dernière croisade, Anna l'avait menée tout l'été passé en prévision de l'entrée en CP de Colline dans *son* école. L'enjeu était considérable car Anna jouissait dans cette école d'une réputation au-dessus de tout soupçon que l'arrivée de sa sœur risquait de ruiner. Du moins le craignait-elle. Elle s'était donc appliquée à lui lire les différents articles du règlement intérieur, à lui enseigner comment se conduire à la cantine et dans la cour. La cour surtout inquiétait Anna car le directeur y était souvent présent. En plein mois d'août, sous le soleil provençal, Marc avait pu assister discrètement à quelques répétitions. « Quand monsieur le directeur siffle, disait Anna, soudain étonnamment prévenante avec sa sœur, tu dois immédiatement t'arrêter de courir, Colline, et venir te ranger en rang devant la maîtresse. Immédiatement. T'as bien compris, hein, sinon c'est très grave, très, très grave, tu peux même être punie. Viens, on va le faire pour voir. Vas-y, cours dans le jardin. » Colline obéissait de bonne grâce, et à l'instant où Anna sifflait elle s'immobilisait, écarlate, les bras le long du corps, comme au garde-à-vous.

— Qu'est-ce que j'ai dit ? reprenait Anna, faisant un effort manifeste pour se contrôler. Tu dois venir te ranger devant la maîtresse.

— C'est toi la maîtresse ?

— Ben évidemment, idiote !

— Bon d'accord, d'accord, hurlait Colline en sautant d'impatience. Alors on recommence !

Anna n'avait pas été récompensée de ses efforts. Dès le premier jour de la rentrée, Colline l'avait écrasée de honte en continuant à jouer après le coup de sifflet. Et maintenant, c'était le chewing-gum...

D'ordinaire, le goûter rythmait la journée de travail de Marc. S'il avait bien avancé dans le livre en cours, il était assez détendu, et disponible pour ses filles. Dans ce cas, lui aussi goûtait pour remplacer le déjeuner qu'il sautait généralement. Sinon, c'était plus difficile. Il continuait malgré lui à chercher une réplique ou un improbable enchaînement qui le sortirait de l'ornière, et alors il répondait aux questions d'Anna avec un temps de retard, sans pouvoir rien avaler naturellement.

Ce soir-là, Anna crut qu'il s'était remis à écrire à le voir aller et venir dans la cuisine.

— Ah, au fait, dit-elle, guettant attentivement sa réaction, on nous a donné le papier pour les activités.

— C'est quoi, les activités ? fit Marc, tout en songeant qu'il aurait dû regarder au fond des boîtes à chaussures, ça n'était tout de même pas violer les secrets d'Hélène que de soulever ses affaires de quelques centimètres…

Anna fronça les sourcils.

— Tu sais pas ce que c'est les activités ?

— Non, excuse-moi.

Mais le mot avait dû éveiller un souvenir récent dans l'esprit de Colline car elle avait bondi sur son cartable et en sortait une circulaire.

— C'est pour les parents, les activités, dit-elle en tendant l'imprimé.

— Fais voir, ma Colline.

— Elle a rien compris cette crétine, soupira Anna. Les activités, c'est pour les enfants, bien sûr…

— Ben c'est la maîtresse qui l'a dit.

— Complètement folle !

— Ah, d'accord, dit Marc, les trucs du mercredi… Mais c'est super, cette année ! Tu as vu tout ce qu'il y a, Anna ?

— Ben oui, je sais lire, quand même !

— Judo, basket, poterie, karaté, football, ping-pong, anglais, théâtre…

— Moi je veux faire karaté et anglais, dit Anna. Tu trouves ça bien, papa ?

— Très bien, on en parlera avec Hélène mais c'est une bonne idée karaté et anglais.

Anna s'était approchée. Toute la tension accumulée venait soudainement de la quitter. Marc s'en voulut d'avoir ajouté à son agacement. Anna vivait constamment tendue, engagée dans une lutte qui la dépassait contre les contrariétés minuscules de l'existence ; elle rêvait d'un monde sans erreurs, sans chewing-gums, où les lois seraient respectées et les trains toujours à l'heure. L'inévitable déconvenue qu'elle éprouvait jour après jour attristait Marc, il se sentait impuissant à la protéger.

— Moi aussi karaté, dit Colline.

— Tu es trop petite, fit aussitôt Anna en lui entourant les épaules comme si elle était en porcelaine subitement, il faut avoir au moins sept ans. Tu devrais faire poterie, plutôt, moi c'est ce que j'avais choisi au CP.

— D'accord, poterie ! Poterie !... C'est comment, poterie ?

— Mais si tu veux on téléphone à maman, poursuivit Anna. Je suis sûre qu'elle sera d'accord parce que tu vois, pour moi...

— Oui mais là j'ai envie de faire caca, l'arrêta Colline en tirant sur son pantalon.

Ce fut comme un déclic dans la tête de Marc, et il alla s'asseoir à la table du goûter. Elles s'étaient interrompues pour cette histoire de circulaire mais elles allaient revenir, et lui avait maintenant envie de manger tranquillement avec elles. D'oublier le cahier et les boîtes à chaussures d'Hélène. De se prouver du moins qu'il était capable de les oublier. Souvent la nuit, quand il ne dormait pas, il se repassait le film de la soirée depuis le retour de l'école, c'était un plaisir vertigineux de les réentendre et il riait tout seul, ou alors il voyait nettement le moment où par sa faute, parce qu'il était ailleurs, préoccupé, le climat s'était complètement dégradé, au point qu'elles n'avaient fait que s'insulter et se menacer jusqu'au dîner. Comme si le chaos momentané qu'il traversait dans son travail contaminait immanquablement la vraie vie. Penser qu'Anna, qui souffrait déjà tellement des désordres du monde, n'avait trouvé auprès de lui qu'un motif supplémentaire d'inquiétude le rendait malheureux et furieux contre lui-même.

Colline avait laissé la porte des toilettes ouverte et ainsi Anna pouvait lui expliquer en quoi consistait l'atelier de poterie – « tu vois, par exemple, le joli vase qui est sur le bureau de maman, eh bien, c'est moi qui l'ai fait ». Colline ne voyait pas, non, mais ça n'avait pas d'importance, Anna poursuivit. Marc les écoutait distraitement en attendant qu'elles veuillent bien revenir goûter. Il songeait qu'en décidant cette fois d'écrire sur Hélène, sur le cercle étroit de leur vie, il allait se retrouver plus que jamais au cœur de cette confusion entre fiction et réalité, et qu'il allait devoir prendre garde à ce que l'extrême difficulté de transformer Anna et Colline en personnages de roman ne l'empêche pas de partager le quotidien avec elles. Ça serait un comble, se dit-il, si, travaillant toute la journée sur leur représentation romanesque, je n'étais plus en état, le soir, de les voir et de les entendre… Il ne lui vint pas à l'esprit que le risque de perdre le fil du présent, de se perdre tout simplement, était plus grand encore à l'égard d'Hélène. Il était sans doute trop tôt pour que la question se posât.

Le tumulte de la chasse d'eau le ramena aux événements du jour. Elles se rattablaient, Anna poursuivant fiévreusement son initiation à la poterie. Colline la regardait tout en se remplissant de corn flakes, mais elle pensait manifestement à autre chose. Observer son visage rond et doré qu'éclairaient deux hublots de ciel bleu, à cet instant voilés d'une brume d'ennui, était une source inépuisable de ravissement. Au contraire d'Anna, Colline n'avait rien à redire à l'imperfection des choses – elle semblait avoir une grande capacité d'adaptation, ou d'abstraction. En pleine excitation collective, il n'était pas rare de la retrouver derrière un fauteuil, ou sous une table, en train de mettre sereinement ses Barbie en pyjama. Marc se rappelait combien il avait été surpris de la voir monter dans sa chambre, au printemps dernier, le jour où une pluie torrentielle avait emporté une partie des lauriers-cerises qu'il venait de planter. C'était un spectacle ahurissant. Anna, elle, n'avait pas quitté son père d'une semelle, catastrophée pour lui. Marc avait fini par se convaincre que Colline s'était enfuie par peur du cataclysme, mais, quand il était monté voir, il l'avait découverte assise en tailleur devant un parterre de Barbie disposées en demi-cercle.

La porte d'entrée fut brutalement projetée contre le mur et David apparut dans le vestibule, haletant, une pile de vinyles entre les bras, le pantalon crotté jusqu'aux genoux.

— La porte, David, merde ! Tu bousilles tout avec tes coups de latte !

— Excuse-moi, j'avais pas le choix.

— T'avais le choix de poser tes trucs.

— Ouais, bon, c'est qu'une porte…

— Il a raison, papa, dit Anna de sa voix de sifflet, c'est qu'une porte hein.

Elle avait assisté à l'irruption de David avec un rictus d'effroi, mais elle n'aimait pas que son frère se fasse engueuler. Colline non plus. C'était sans doute l'une des rares choses de son environnement qu'elle se refusait à admettre. Elle ne l'exprimait jamais à chaud, mais à un moment où personne n'y pensait plus, dans son bain par exemple, ou le soir avant d'éteindre, elle disait : « David, il fait beaucoup de bêtises, mais il est gentil quand même. »

— D'accord, d'accord, fit Marc, comment ça va à part ça ? Tu veux un bol de thé avec moi ?

David déposa ses vinyles et se laissa tomber sur une chaise en soufflant.

— Si tu veux, oui, j'ai pas bouffé à midi… Le mec m'a vendu tout ça pour deux cents balles, c'est pas mal, non ?

— Quel mec ?

— Le type avec qui je bosse. Il vend aussi une télé, si ça t'intéresse.

— J'ai réparé la nôtre, c'était l'antenne, sur le toit. C'est quoi ton boulot, en ce moment ?

— De la merde, drainer les fossés autour d'une usine complètement pourrie. Mais c'est fini, j'y retourne plus. La fille m'a dit qu'elle allait me trouver une mission moins dégueulasse. Ça va, les filles ? Pourquoi vous dites rien ?

— David, reprit Anna, tu la connais, la maîtresse des CM2 ?

— Mme Gilles, je l'ai eue.

— Oui, eh ben, elle m'a demandé ce que tu faisais, j'ai dit que tu n'allais plus à l'école et que tu allais partir en voyage prendre des photos.

— Elle aime bien les enfants, Mme Gilles, tu l'auras l'année prochaine.

— Non, parce qu'elle va s'en aller à la retraite.

Mais David ne l'écoutait plus, il venait de repérer des bananes dans le saladier. Il se leva, en écrasa deux ou trois dans un bol, ajouta quelques cuillerées de Nutella puis touilla furieusement le tout en arrosant de lait. Quand il se mit à laper ce brouet en éclaboussant pas mal autour de lui, on entendit Colline s'esclaffer :

— Comment il mange, David !

Marc pensait à Mme Gilles. De toutes les maîtresses de l'école, c'était sa préférée ; elle avait eu David, puis Claire. Il lui ferait un cadeau pour son départ.

— David, puisque tu es là, dit-il après un moment, je vais en profiter pour faire un tour à Monoprix.

En chemin il passa devant Les Balcons et en éprouva un inexplicable serrement de cœur. Il y avait bu des centaines de cafés avec Hélène sans jamais ressentir quoi que ce soit, pourquoi la vue de ce bistrot le plongeait-elle subitement dans cet état de trouble ? Il revint sur ses pas et constata que, contrairement à ce qu'il avait dit à Curtis, il était impossible d'entrer dans l'établissement par la rue des Cascades. Curtis, voilà ! Son trouble provenait de sa conversation avec Curtis. En exhumant pour lui le souvenir de sa première rencontre avec Hélène, il avait aussitôt fait des Balcons un lieu mythique, un lieu chargé d'une sensualité qui lui hérissait désormais l'épiderme. Comme s'il marchait sur les traces d'un héros disparu. Il était déjà dans son livre, trichant avec la réalité sans même s'en rendre compte. Il scrutait les lieux et ne savait plus précisément où se situait la vérité. Était-ce bien là qu'il avait rencontré Hélène ? Oui, ça, il ne l'avait pas inventé, il la revit perchée sur ses talons roses, si jolie, si charmeuse, et eut envie de l'appeler sur-le-champ pour lui dire combien il l'aimait. Mais pourquoi avait-il imaginé cet accès par la rue des Cascades ? Il faillit entrer pour demander au patron s'il n'avait pas par hasard muré une porte de ce côté-ci, et puis non, c'était mieux d'entretenir le mystère.

En rentrant des courses, il trouva Anna entortillée comme d'habitude au fond du fauteuil en cuir défoncé, les sourcils froncés par l'effort qu'il lui fallait fournir pour parvenir à lire malgré la pénombre.

— Pourquoi tu n'allumes pas ? Tu t'abîmes les yeux...

Les deux autres n'avaient pas bougé de la cuisine. David avait improvisé pour Colline un spectacle de magie à base d'allumettes enflammées.

— Je n'aime pas trop ça, David, dit Marc en tâchant de se contrôler, elle risque de vouloir t'imiter...

— T'en fais pas, je l'ai prévenue que c'était hyperdangereux. Hein, Colline ?

— En plus il met du feu dans sa bouche, renchérit Colline, et ça le brûle même pas. C'est trop bien !

— C'est pas très malin. Ne fais jamais ça, ma chérie, d'accord ? Toi, ça te brûlerait beaucoup et il faudrait aller à l'hôpital. Rangez-moi ce truc, maintenant.

— Maman a téléphoné, cria Anna de son fauteuil, elle rentrera pas avant neuf heures. Elle dit que tu peux l'attendre pour dîner, si tu veux, et nous faire manger avant. C'est pas juste !

— Qu'est-ce qui n'est pas juste ?

Anna vint aussitôt s'encadrer dans l'entrée de la cuisine, en chaussettes, son livre à la main, raidie par la colère.

— Elle est jamais là pour dîner. Tu trouves ça marrant, toi, une mère qui est jamais là ?

— Tu racontes n'importe quoi, Anna, elle a dîné avec nous hier.

— Oui, eh ben qu'est-ce que tu dirais, toi...

— Je dirais bon débarras ! hurla Marc en applaudissant.

David gloussa d'un rire forcé.

— Évidemment, papa, il pouvait pas la blairer, sa mère !

— Trop marrant, dit Anna.

— Si on en profitait pour faire des crêpes, j'ai rapporté des œufs.

D'un seul coup, l'horizon d'Anna s'éclaircit, et elle entreprit dans la seconde de négocier avec Colline qui casserait les œufs et qui verserait le lait. David proposa de se charger du reste. L'absence d'Hélène le soulageait, il ne s'en cachait pas. Leur relation, étonnamment joyeuse au début – il avait sept ans quand Hélène avait surgi dans leur vie –, s'était détériorée au fil de l'adolescence. Elle ne lui pardonnait plus son sans-gêne, et David disait ne pas comprendre l'exaspération constante qu'il suscitait chez elle. Quand elle arrivait, il gagnait discrètement sa chambre, ne s'attardait pas à table. Il ne traînait avec son père au rez-de-chaussée, ou dans le jardin, qu'en l'absence d'Hélène.

Marc s'assura qu'il y avait suffisamment de farine et, constatant que sa présence n'était pas indispensable, il s'éclipsa. Leur chambre était à l'étage. Il y pénétra sur la pointe des pieds, comme un voleur, et poussa le verrou. Les boîtes à chaussures d'Hélène occupaient un tiroir qu'on roulait sous le lit. Il alluma, s'agenouilla, et tira le casier à lui. C'étaient des paquets de lettres entourés d'élastiques, des objets plus ou moins oxydés, coupe-papier, ciseaux, chaînettes, loupe… Ici, un carnet, mais l'écriture n'était pas celle d'Hélène. Une boîte métallique contenant un nécessaire à couture dont les aiguilles étaient rouillées, un mouchoir dans une enveloppe jaunie, des coupures de journaux craquantes comme des feuilles d'automne et, tiens, en langue allemande… C'est vrai, elle parle couramment l'allemand, songea-t-il. Pourquoi ? Il avait dû s'en étonner une ou deux fois. Dans ce cas, elle le regardait de haut en se levant de table comme si elle avait oublié le sel, imperceptiblement offensée, et puis elle passait à autre chose en se rasseyant. Il se demandait toujours si elle n'avait pas déjà répondu à sa question, de sorte qu'elle était vexée, ou si au contraire elle le trouvait décidément très indiscret et le lui signifiait à sa façon. Il se fit soudain la réflexion que, s'il avait dû écrire tout ce qu'il savait d'elle après dix ans de vie commune, ça n'aurait sans doute pas excédé deux ou trois feuillets. Cela décupla dans son esprit la valeur du cahier de Turin et il se remit fébrilement à sa recherche. Des photos ! Ah, mais il les connaissait, celles-ci, elles figuraient déjà dans l'unique album qu'Hélène laissait à la disposition de tous, sur une étagère de la bibliothèque, à côté des photos de Marc : elle et son équipe de basket, à quatorze, quinze ans, là-bas, dans le Jura. Ce regard… Elle ne sourit pas, elle est là sans y être. Sa mère est morte depuis cinq ou six ans déjà, et son père est parti vivre seul dans une petite maison en lisière de la forêt. Elle habite plus ou moins chez ses sœurs. Ses sœurs aînées. Elle est l'avant-dernière d'une famille de douze enfants. Oh ! cette photo, par contre… C'est elle, telle qu'il l'a connue, mais le type qui la tient par la taille et la fait rire n'est pas lui. Il emporte l'image sous la lampe. Mon Dieu, mais c'est Humphrey ! Les cheveux parfaitement huilés dans ce costume clair d'un romantisme inouï. Humphrey ! Marc avait oublié combien il était beau, tellement plus beau que lui que c'en est insultant. Et elle ! C'est le soir, sur une esplanade venteuse, peut-être celle du

Trocadéro, la lumière est rose, elle porte sur les épaules un blouson court dont le col fourré donne une grâce un peu outrancière à son visage, comme ces jeunes femmes russes ramenées de l'Oural dont les couturiers parisiens font des stars. Il l'a connu, ce blouson, il s'en rappelle parfaitement. Où l'a-t-elle mis ? Il aimerait la revoir avec ce col, soudain. Oh oui, il aimerait tellement ! Il laisse tomber les boîtes à chaussures pour s'enfouir à demi dans la penderie. Il est saisi d'une excitation invraisemblable, comme si elle allait lui échapper d'un instant à l'autre. Hélène ! Celle du cahier qu'il ne trouve pas, celle aux talons roses des Balcons, celle de Turin... Merde, le blouson lui aussi a disparu. Et ces pantalons trop larges qu'elle fermait comme des sacs à patates, où sont-ils ? Ah oui, oui, et puis ces trucs qu'elle portait dessous, mais qu'est-ce qui lui prend de fouiller dans ses sous-vêtements ? Jamais il ne l'a fait, jamais il n'en a ressenti le besoin, et là il renverse le tiroir de ses culottes. Ce qu'il voudrait... Il ne sait pas. Retrouver quelque chose d'elle qu'il n'a pas su garder. Quelque chose d'insolent, de fruste, qu'elle a dû enfouir au fil des années. Ou domestiquer. Oui, c'est cela, domestiquer. C'est incroyable comme on oublie. Enfin lui. Lui. Qu'est-ce qu'il avait dans la tête il y a dix ans ? Il la regardait aller et venir, s'habiller, il la regardait l'aimer, avec une véhémence insolite, une forme d'acharnement, mais on aurait dit que ça ne s'imprimait pas. Et c'est maintenant, maintenant qu'il réalise qu'il n'a rien fait pour la retenir. Il n'a rien sauvé, rien écrit, elle lui a glissé comme du sable entre les doigts pour devenir petit à petit l'Hélène d'aujourd'hui, aimante et pudique, la mère d'Anna et de Colline.

Il les entendit rire et se sentit confus d'être là, dans les culottes de sa femme, ses secrets sens dessus dessous.

L'air était imprégné d'un parfum de viennoiseries lorsqu'il sortit. Ils avaient tout allumé en bas, si bien que la cage d'escalier en était illuminée et qu'on se serait cru un soir de fête. Il se vit en capitaine d'un navire qui traverserait la nuit, un instant figé sur la passerelle ; il pouvait bien pleuvoir, les siens étaient heureux et au chaud. Le sentiment de puissance qu'il en éprouva, une main crânement posée sur la rambarde, le fit sourire de lui-même : eh bien, oui, il avait réussi une famille, mais enfin, quel homme ne réussissait pas une famille !

— Papa ! hurla Colline en l'apercevant.

David procédait avec deux poêles, à une allure vertigineuse, étrangement insensible aux éclaboussures qui n'épargnaient ni sa chemise ni le carrelage. La précipitation qu'il mettait en tout était un constant sujet d'agacement et de perplexité pour Marc : pourquoi ne prenait-il pas le temps de bien faire les choses, alors qu'il pouvait ensuite passer de longues heures à écouter de la musique en fumant, accoudé à sa fenêtre ou allongé ?

— Fais gaffe, David, tu en fous partout.

— C'est pas grave, on nettoiera, fit-il, sans cesser de s'activer.

Il était plus grand que son père depuis quelques mois, et extrêmement mobile, comme monté sur des ressorts, de sorte qu'il occupait plus d'espace qu'un individu normal.

— Disons que c'est papa qui nettoiera, plutôt, observa discrètement Anna, la main droite sur la pile de crêpes.

— C'est ça, disons-le, n'ayons pas peur des mots, convint Marc en lui décochant un coup de pied dans les fesses. En attendant, tu pourrais peut-être mettre le couvert, Anna, au lieu de t'essuyer les doigts sur nos crêpes.

— Laisse-moi, je les compte. Quatorze, Colline ! cria-t-elle en se retournant.

— Ouais, quatorze ! Quatorze ! reprit Colline en sautant. Quatorze, c'est beaucoup, d'abord, ça fait jusqu'au ciel.

— Complètement folle, cette fille !

Ils dînèrent, puis on sonna, et David bondit de sa chaise.

— Putain, déjà ! Bon, j'y vais, c'est pour moi. Je sais pas trop si je dors là mais tu t'inquiètes pas. À demain de toute façon.

Une fois la porte claquée, Marc mesura l'ampleur du chantier – il y en avait bien pour trois quarts d'heure de ménage. Comme prévu, il s'était fait avoir.

— Bon, les filles, les dents et au lit !

Hélène n'allait plus tarder, il avait envie d'être seul maintenant. Il se sentait gagné par cette nervosité qui le prenait habituellement lorsqu'elle rentrait de voyage, après une assez longue absence ; un désir impatient de l'enlacer, contrarié par la crainte confuse de la décevoir, ou de la blesser d'un mot maladroit.

Il finissait la vaisselle, les mains dans l'eau brûlante, quand elle entra.

— Les filles sont déjà couchées ? fit-elle dans ce tourbillon qu'il connaissait par cœur où tout en se déshabillant elle lui caressait la nuque, jetait un œil au courrier et suspendait son sac au dossier d'une chaise.

— Je leur ai promis que tu monterais les embrasser... Ça n'a pas l'air d'aller !

— Je me suis engueulée avec Colette. Elle ne voulait pas assister à la messe pour les morts de Toulouse.

— Bon, si c'est que ça.

— Attends...

Il l'entendit passer aux toilettes puis monter embrasser les filles. Avant qu'elle ne redescende, il avait servi deux verres de vin et mis quelque chose à réchauffer. Colette était la patronne d'Hélène. Son inamovible patronne, au sens où saint Christophe est le patron des voyageurs et sainte Cécile des musiciens. Elle avait été son professeur de droit à l'université. Quand elle avait été élue député, elle avait fait d'Hélène son attachée parlementaire. C'était la fonction qu'elle occupait quand Marc l'avait connue. Aujourd'hui secrétaire d'État à la Famille, Colette ne s'était pas séparée d'Hélène, qui, entre autres tâches, lui écrivait ses discours.

— Elle ne fait jamais rien pour se mettre en valeur, résultat, les gens ne l'aiment pas, dit Hélène en réapparaissant. Pourquoi tu me regardes comme ça, tu trouves que j'ai eu tort ?

— J'ai failli t'appeler, cet après-midi, quand le ciel s'est dégagé, j'avais envie de boire un café avec toi au soleil.

— Mon chéri..., fit-elle.

Et elle vint s'immobiliser contre lui. Sa peau était moite sous les cheveux, derrière l'oreille, c'était toujours assez sensuel de la respirer le soir.

— Je ne sais pas, oui, tu as peut-être eu tort, reprit-il. Ils vont tous se précipiter à cette messe, c'est un peu ridicule... Je suis généralement d'accord avec Colette.

— Mais moi aussi, bien sûr ! Seulement là c'est un deuil national, c'est pas comme de se bousculer pour être sur la photo, on a tout de même le droit d'être ému et de le manifester !

— Hélène, je ne suis pas Colette. Tu as tout à fait le droit d'être émue mais en l'occurrence si tu l'envoies à cette messe c'est pour d'autres raisons. Quelle hypocrite ! Mais quelle hypocrite !

— Tu le penses vraiment ?

— Oui, mais si tu n'étais pas là Colette ne serait pas au gouvernement. Elle n'a aucun sens de la séduction.

Hélène haussa les épaules. Ils retombaient dans une de ces conversations stupides, Hélène prétendant qu'il y a une part d'attirance physique dans toute relation et qu'elle ne serait sûrement plus auprès de Colette si elle n'était pas constamment sous son charme. Ce qui était bien la preuve qu'elle n'était pas dépourvue de séduction.

Marc avait fait un effort sur lui-même pour être en phase avec Hélène, avec ses préoccupations du jour, tandis qu'il était plein de nostalgie pour la jeune femme de Turin. Maintenant, il tremblait imperceptiblement en la regardant fumer, soucieuse, son verre à la main. Pensait-elle encore à Colette ? S'il n'avait pas craint d'être grotesque, il lui aurait demandé la permission de caresser son visage, comme le premier soir. Cela lui aurait permis de l'approcher petit à petit. En dix ans, il ne s'était pas familiarisé avec la dimension dramatique du visage d'Hélène, ce qui expliquait sans doute pourquoi l'aimer demeurait une sorte de défi quotidien qu'il comparait secrètement à l'écriture. Parfois, bien sûr, il oubliait, il pouvait même être un amant désinvolte, mais ça ne durait jamais longtemps.

— Pourquoi tu ne m'as pas appelée ? dit-elle. Moi aussi, ça m'aurait fait plaisir qu'on prenne un café ensemble.

— Je l'ai fait, en réalité, mais Édith m'a dit que tu étais en réunion.

— À quelle heure ?

— Trois heures, trois heures et demie.

— J'aurais très bien pu sortir.

Elle parut contrariée.

— Je pensais à Turin, dit-il un ton plus bas. À notre « voyage de noces » entre guillemets.

— Pourquoi entre guillemets ? En ce temps-là tu ne m'aimais pas beaucoup, hein, répliqua-t-elle avec son inimitable sens de la rancune.

— C'est-à-dire que j'en étais encore à chercher à comprendre ce qui m'arrivait quand toi tu nous construisais déjà une maison avec enfants et dépendances.

— Tu as toujours été lent, comme garçon.

Elle éclata de rire. Dans ces moments-là, elle retrouvait sans le vouloir les accents de l'adolescente qu'elle avait dû être, les regards aussi, gouailleurs, malins. Elle riait sans retenue, et Marc était autant désarçonné par son hilarité que par sa gravité. L'une comme l'autre, pensait-il, trahissaient le travail phénoménal qu'Hélène fournissait en permanence pour vivre comme une femme normale, avec un mari, des enfants, un métier.

— Je suis si lent, reprit-il sourdement, que je viens seulement de réaliser que je n'avais plus ton cahier.

Voilà, c'était dit. Il la fixait des yeux tandis qu'elle finissait de rire.

— Quel cahier ?

— Celui que tu m'as donné à Turin, que tu écrivais dans les cafés.

Elle s'était figée. Elle le dévisageait comme s'il venait d'émettre une sottise effarante.

— Eh bien, oui, puisque tu l'as laissé à l'hôtel, dit-elle sur le ton de l'évidence.

— Comment ça ? bondit-il. Tu me l'as donné et je l'ai pris !

Elle parut sidérée, puis, après un moment, parvint à sourire mécaniquement.

— Enfin, Marc, il n'a jamais quitté Turin, mon cahier. Je pensais…

Mais elle se tut.

Quoi ? Que pensait-elle ? Elle semblait certaine de ce qu'elle avançait, certaine surtout que Marc était au courant. Comment était-ce possible ? À quel événement, dont il n'aurait pas conservé la mémoire, faisait-elle référence ? Il y eut entre eux un long silence. Marc tentait désespérément d'exhumer des souvenirs qu'il ne trouvait nulle part, tandis que l'expression d'Hélène muait lentement de la stupéfaction au désarroi.

Finalement, elle se leva, retira du feu ce que Marc y avait mis.

— Les filles ont bien dîné ? fit-elle d'une voix sans souffle.

— Très bien, oui, des crêpes. Elles étaient contentes.

Ils se sourirent distraitement, ailleurs l'un comme l'autre. Marc était confus. Il avait le sentiment que doit éprouver un amnésique lorsqu'on lui apporte toutes les preuves d'une indélicatesse qu'il niait jusqu'ici avec force et dégoût. Il avait doublement blessé Hélène, en oubliant son cahier à l'hôtel, bien sûr, et ce soir en venant d'une certaine façon le lui réclamer, preuve qu'il n'avait même pas eu conscience de l'avoir offensée.

C'est elle qui revint sur le sujet, plus tard, alors qu'ils venaient d'éteindre.

— Tu sais, pour le cahier, c'est pas si grave, fit-elle en lui caressant l'épaule.

— Qu'est-ce qui est grave, alors ?

— Je ne sais pas... Peut-être que si tu l'avais lu, tu n'aurais jamais pu m'aimer ensuite. Ça, ç'aurait été grave ! Très, très grave, comme dirait Anna.

3

L'idée de partir pour Turin, surgie des brumes du sommeil, empêcha Marc de se rendormir. La scène même de ce retour l'emportait curieusement dans son cœur sur le contenu du cahier : l'hôtelier le reconnaissant, puis le priant de le suivre vers une pièce aveugle, une sorte de remise poussiéreuse, et là, après quelques vaines recherches, Marc ayant cessé depuis longtemps de respirer, Marc au bord de la syncope, l'homme lui remettant le cahier d'Hélène... Allongé à côté de sa femme, ne bougeant plus, ne faisant rien d'autre qu'imaginer, Marc était *véritablement* au bord de la syncope. Il était exceptionnel qu'une simple projection de l'esprit le mît dans cet état – c'est dire si la scène méritait d'exister. Le désir de l'écrire le jeta donc hors du lit. Il s'habilla grossièrement, gagna la cuisine en frissonnant, se fit du café. Quelle heure était-il ? Cinq heures dix.

Quand enfin il s'assit devant son bloc, l'émotion était encore là, lui sembla-t-il, intacte. Alors il se demanda par où commencer. Il fallait que le lecteur comprît combien ce retour en Italie était chargé d'espoir, de nostalgie surtout. Lui le savait, bien entendu, et s'il ne s'était agi que de lui il aurait ouvert la scène par le dialogue avec l'hôtelier. Directement. Ç'aurait été bouleversant, pour lui, à la rigueur pour Curtis, mais incompréhensible pour le reste du monde. Toute la difficulté se tenait invariablement là, du côté du reste du monde, de ces lecteurs de mauvaise volonté à qui il fallait tout expliquer et qui allaient parfois jusqu'à vérifier dans l'indicateur des chemins de fer qu'il n'écrivait pas n'importe quoi. Aussi lui parut-il judicieux, quoique banal, de démarrer par l'arrivée en gare de Turin. Il se vit aussitôt sur le quai, porté par la foule, les jambes un peu flageolantes sous le coup de la fatigue et du choc émotionnel. Comment s'appelait-elle, cette gare ? Merde, il l'avait su, pourtant. Il fallait la nommer, sinon, ça n'avait aucun sens : il y avait plusieurs gares à Turin. Il recula le moment de bouger, il était si bien assis, si parfaitement concentré, mais sans le nom de cette gare aucune phrase ne tenait la route. Alors en soupirant il se leva et alla droit dans la bibliothèque au rayon des guides touristiques. De quand datait-il, celui-ci ? Bon, ça n'avait aucune importance pour ce qu'il cherchait. Ah, voilà : « Arriver en bateau, train ou autocar », page six cent vingt-huit. « Après l'avion, lut-il, le moyen le plus confortable pour se rendre en Italie est le train. Il existe de nombreuses liaisons directes entre Paris, Bruxelles, Lausanne, Toulouse, Marseille et les principales villes italiennes. De fin juin à début septembre... » D'accord, d'accord, fit-il en sautant au paragraphe suivant. « La ligne Paris-Venise passe par Milan, lut-il alors, celle de Rome et Naples traverse Gênes et longe la côte méditerranéenne. Il faut prévoir à peu près douze heures de voyage de Bruxelles à Milan, treize de Paris à Venise, dix-sept de Paris à Rome, sept de Lausanne à Venise... » Tu vas voir, murmura-t-il, qu'ils vont réussir à me citer toutes les villes d'Europe en évitant soigneusement Turin. Il ferma le guide, s'adossa un instant, inspira profondément puis revint à l'index. Lettre « T » comme Turin. Voilà, deux cent douze à deux cent dix-sept. « Pour la plupart des gens, Turin n'évoque qu'une ville industrielle, siège des usines Fiat », apprit-il, la nuque étrangement raide brusquement, tandis qu'une sensation de transpiration en provenance du dos l'avertissait qu'il n'allait sûrement pas persévérer bien longtemps. Il alla ouvrir grande la fenêtre et persévéra néanmoins : « Certains penseront également au saint suaire, ou à la Juventus, l'une des grandes équipes de football d'Europe. Peu imagineront que la capitale du Piémont s'étend au pied des contreforts des Alpes dans un cadre spectaculaire... » Non, tout de même, il ne s'était pas levé à cinq heures du matin pour avaler ce tissu d'âneries ! Fébrilement il se mit à tourner les pages. « Le passé de Turin, lut-il au hasard, se reflète dans l'ensemble de son architecture, mais quelques édifices résument plus particulièrement l'histoire de la ville... » Quelques édifices ! maugréa-t-il, pris d'un subit espoir, c'est bien le diable si les gares ne figurent pas sur la liste. Il survola les descriptions du Palazzo Reale, du Museo dell'Automobile, de la Basilica di Superga, et quand il constata qu'aucune station de chemin de fer n'apparaissait, il était trop tard, il avait perdu le fil.

Le nom de cette gare avait mystérieusement focalisé tous ses désirs, comme pour mieux les engloutir finalement. On le lui aurait soufflé maintenant, ce nom, qu'il n'aurait plus su qu'en faire. Le même phénomène se reproduisait sans cesse : la réalité lui compliquait les choses, quand elle ne les éteignait pas, et cependant il envisageait rarement de s'en affranchir. Pourquoi ? Pourquoi ne se résolvait-il pas à tout inventer ? Butant sur l'identité de cette gare, un autre l'aurait baptisée d'un nom fantaisiste. Oui, sans doute, mais pas lui. Lui n'aurait rien pu construire sur un nom fantaisiste. Il avait besoin de s'ancrer solidement dans la vérité, voilà, comme si la vérité était un élément constitutif de son désir d'écrire. Une fois lancé, c'était différent, et même pour ainsi dire l'inverse : plus il avançait, plus les faits établis cessaient de l'intéresser. Il ne souhaitait plus en entendre parler, il les trouvait toujours décevants, déprimants, au regard de l'ample « vérité » qu'il était en train d'élaborer tout seul. L'« ample mensonge », corrigeaient certains de ses lecteurs mécontents à qui il arrivait de se reconnaître et de porter plainte. Il se fit la réflexion qu'il s'engageait dans le même processus à l'égard du cahier d'Hélène : il fallait que ce cahier existât réellement pour éveiller son désir, l'inventer ne lui aurait fait ni chaud ni froid, mais au fond il se méfiait de son contenu. Ce qui l'enflammait, c'était Hélène lui écrivant, contre vents et marées, depuis le premier jour, alors qu'ils ne se connaissaient même pas, et aujourd'hui sa quête soudaine de ce manuscrit. Sa quête à lui, Marc. C'était comme un rendez-vous qui aurait attendu patiemment son heure en coulisses depuis dix ans.

Une porte venait de grincer à l'étage, il rangea le guide, ferma la fenêtre et vint attendre Colline en bas de l'escalier. Elle se levait comme un automate, à peine consciente, si bien qu'une fois sur deux, en la cueillant à temps, il était possible de la rendormir sur le canapé. Mais, ce matin-là, elle avait une bonne raison de descendre, et donc de ne pas se recoucher : les lendemains de crêpes, il en restait généralement quelques-unes pour le petit déjeuner, roulées et sucrées depuis la veille. C'était le genre d'événement qui pouvait parfaitement illuminer sa journée. Elle se dégagea des bras de Marc pour aller au frigidaire, en sortit les crêpes et s'attabla à côté du bloc et du stylo de son père. Alors elle se mit à manger, le regard dans le vague, une jambe nue repliée sous les fesses, l'autre se balançant. Elle portait une chemise de nuit rose à manches ballon qui avait appartenu à Claire. Marc l'observait du salon. Ce qui était stupéfiant, chez Colline, c'était son indifférence à ce que fabriquaient les adultes. Elle me trouverait à trois heures du matin dans le jardin en train de chercher des escargots, songea-t-il, que je ne suis même pas certain qu'elle s'inquiéterait. L'hiver dernier, alors qu'il mettait la machine à laver en pièces, elle l'avait enjambé tout l'après-midi avant de s'exclamer : « Mais t'es fou, papa ! Anna, Anna, viens voir vite, il a complètement cassé la machine. — Il la casse pas, il la répare, espèce de crétine », avait corrigé sa sœur. Au même âge, Anna lui aurait demandé pourquoi il s'était levé si tôt, et, constatant qu'il n'avait pas écrit une ligne, elle serait allée discrètement le dire à Hélène pour voir un peu ce qu'elle allait en penser.

— Tu me fais mon chocolat ? dit Colline, le cherchant soudain des yeux.

— Oui, je vais en profiter pour refaire du café.

Il alluma la radio et entendit qu'un nouveau porte-avions américain faisait route vers le Golfe. Le début des opérations sur le terrain n'était plus qu'une question de jours, deux ou trois selon un expert des affaires militaires interrogé par une journaliste. Marc voulut entendre les explications de l'expert, mais alors Colline se mit à parler.

— Alexandre il fait l'amour avec Jade.

— Ah bon ! Comment tu le sais ?

— Même ils se mettent de la langue. Ah ! c'est trop dégoûtant, fit-elle en frissonnant.

— Où ça, ils se mettent de la langue ?

— Dans la cour, tiens !

— Et les maîtresses les laissent s'embrasser ?

— Elles les voient pas, bien sûr.

Elle haussa les épaules pour feindre l'exaspération, comme Anna.

— Tiens, ton chocolat.

Pendant qu'elle buvait, Marc remit la radio. Le bilan de la catastrophe de Toulouse s'était alourdi dans la nuit, on arrivait à vingt-neuf morts. Le maire de la ville louait « le formidable élan de solidarité des Toulousaines et des Toulousains ». Quel métier ! songea Marc.

— Mais tu sais, reprit Colline, essoufflée d'avoir bu trop vite, Omar il est méchant.

— Je sais, oui, plusieurs parents se sont plaints de lui à la réunion. Pourquoi tu me parles dès que j'écoute les informations, Colline, fit-il en baissant le son.

— Ben tu sais pas ce qu'il a fait.

— Qui ça, Omar ? Dis-le-moi.

— Il a enfoncé un bâton dans l'œil de Samanta et maintenant elle a l'œil crevé.

— Tu l'as vue Samanta ?

— Même elle pouvait plus ouvrir son œil et y avait du sang.

— Merde, vraiment ?

— Et en plus elle pleurait.

— On l'a emmenée à l'hôpital ?

— Je sais pas, moi, elle est pas dans ma classe.

À ce moment elle reconnut le pas de sa sœur dans l'escalier.

— Tu peux demander à Anna, elle la connaît très bien, Samanta. Hein, Anna, dit-elle en l'apercevant, que Omar il a crevé l'œil de Samanta ?

— Oui, ça, c'est vrai, elle a raison, papa. Même que la mère de Samanta elle a parlé à monsieur le directeur à la sortie.

— Ah bon, bon, si elle a trouvé le temps de parler au directeur c'est que sa fille allait mieux, sinon...

— Ça tu sais pas, papa, le coupa Anna. En tout cas, la maîtresse a dit que Omar allait avoir des gros ennuis.

— C'est comment des gros ennuis ? demanda Colline.

— Des problèmes, quoi, s'énerva Anna. Bon, maintenant tu me laisses tranquille, Colline, je voudrais bien déjeuner.

— Bonjour quand même, dit Marc en l'embrassant. Tu n'as pas besoin de lui répondre sur ce ton.

— Ben vous m'embêtez, à la fin ! J'ai faim, je suis fatiguée, et ça fait une heure que vous me posez des questions.

Elle alla droit vers le placard, le corps tendu comme un arc, et en rapporta le Nutella et un couteau.

— Tu veux pas des crêpes ? s'étonna Colline.

— Ah si, j'avais oublié, dit-elle en tirant l'assiette à elle. Et, prise de soupçons : T'en as déjà mangé combien, toi ?

— De toute façon j'en veux plus, dit Colline avec une moue de dégoût destinée à rasséréner sa sœur.

— Et toi, t'en voudras, papa ?

— Merci, ma chérie, tu peux toutes les manger.

Avec une satisfaction évidente, Colline observa Anna se détendre.

Marc les rejoignit à table, la cafetière à la main. Un jour verdâtre se levait sur la haie d'aubépines qui courait sous la fenêtre, on devinait les cheminées de l'immeuble en contrebas. Il se sentit fatigué tout d'un coup et songea que dans d'autres circonstances, si les filles n'avaient pas été là, il serait retourné s'allonger un moment. Quelle heure était-il, d'ailleurs ?

— Oh ! fit-il, tu veux bien aller réveiller ta maman, Colline ?

On entendit des gémissements, des rires étouffés, puis, très vite, des grincements de portes et des exclamations suivis du grêlement soutenu de la douche. Alors la voix d'Hélène retentit, tentant de couvrir le bruit de l'eau :

— Maintenant tu me laisses, Colline, tu t'en vas et tu fermes la porte. Colline ! Qu'est-ce que j'ai dit ? Tu t'en vas immédiatement ou j'appelle Marc !

En bas ils perçurent le bruit de la porte qu'on fermait, et bientôt Colline reparut, tortillant sa chemise de nuit sur le devant, manifestement désœuvrée. Elle avait longtemps joué dans la salle de bains pendant qu'Hélène se lavait, mais il y avait seulement quelques mois que le spectacle s'était mis à l'intéresser. Or, comme par hasard, c'est à partir de ce moment-là qu'Hélène n'avait plus voulu d'elle. Cela devait confusément la troubler.

— Tu ne me trouves pas trop grosse dans cette jupe ? dit Hélène en déboulant un quart d'heure plus tard.

— Tu n'es pas grosse du tout ! se récria Anna. Par contre, le chignon…

— Quoi, le chignon ? fit Marc.

— Ben tu vois, on dirait pas vraiment que tu t'es coiffée, maman. Ça fait un gros tas de cheveux, là… C'est pas très joli, quoi…

Hélène la regarda de haut en se dandidant sur ses talons.

— C'est pas très joli, quoi..., l'imita-t-elle. Tu n'irais pas me chercher le journal, madame cymbale ?

— Si, j'y vais !... Attends, je mets mes chaussures.

— Cette Anna ! s'exclama Hélène en riant.

Et puis elle s'approcha de Marc et lui souffla quelque chose à l'oreille.

— Ça peut s'arranger, dit-il, je passe te prendre à l'heure du déjeuner et on va à l'hôtel.

— Non, je déjeune avec les gens du cabinet. Tant pis, on attendra. C'est bien, d'attendre, non ?

Anna revint avec le journal – un porteur le déposait à l'heure du laitier. Elle patienta, laissant à sa mère le temps de s'installer devant son bol de thé, son quotidien sous le nez, puis elle vint discrètement s'arrimer à elle. L'une assise et l'autre debout, elles étaient pratiquement de la même taille.

Durant son petit déjeuner, Hélène lisait le journal, donc. Depuis toujours. À deux ou trois reprises, Marc avait essayé de lui expliquer combien il était désagréable de boire son café en face de quelqu'un qui lisait le journal, mais ça ne l'avait pas convaincue.

— Où es-tu, Colline ? appela-t-il. Viens, on va s'habiller.

Hélène et Anna les rejoignirent dans la salle de bains. La pièce était petite, et cependant ils s'y retrouvaient à quatre pratiquement chaque jour à la même heure. Généralement, Colline finissait d'enfiler ses baskets, assise par terre, Marc patientant accroupi pour les lui lacer, de sorte que les deux autres devaient les enjamber pour atteindre le lavabo, ce qui amenait Hélène à s'énerver.

— Vous ne pouvez pas faire ça ailleurs ? Tous les matins c'est la même chose.

— Ça c'est vrai, renchérissait Anna, on peut jamais se coiffer tranquillement dans cette maison.

Contrairement à sa mère, Anna avait besoin de temps pour se coiffer. Pendant qu'Hélène se brossait les dents, elle commençait de lisser ses cheveux, poussant imperceptiblement sa grande voisine pour accéder au miroir.

— Un jour, je vais finir par te cracher sur la tête, observait parfois Hélène, mais elle osait rarement en dire plus, sachant à quel point le moment était décisif pour Anna.

À la fin de l'opération, ses cheveux, naturellement ondulés, devaient en effet se retrouver prisonniers d'un carcan de barrettes. Anna prétendait que la mode était aux cheveux baguettes, et elle ne désespérait pas d'y soumettre les siens.

Puis tout s'emballait, et Marc aimait ce moment parce qu'il avait plus que jamais le sentiment d'être utile. C'est lui qui courait chercher les goûters qu'elles oubliaient une fois sur deux, lui qui dénichait le portable d'Hélène dans la corbeille à fruits, lui qui avait dans sa poche la monnaie pour la piscine que personne n'avait songé à préparer, ou encore un ticket de métro pour Hélène.

Ce matin-là, une fois qu'elles furent parties, il déambula dans les différentes pièces du rez-de-chaussée, puis, saisi d'une inspiration soudaine, remonta quatre à quatre dans leur chambre, extirpa de sous le lit les boîtes d'Hélène, et s'empara fébrilement de cette photo où elle riait aux éclats dans les bras de Humphrey. Comment n'avait-il pas réalisé hier soir la portée de ce document : en l'état actuel de son travail, il était tout ce qui subsistait de la femme qu'il avait connue. Il gagna son bureau, voisin de la chambre de Claire, sous les combles, alluma, s'attabla, et s'absorba avec fièvre dans la contemplation de ces deux visages. Arrivait-il qu'une photo en révélât plus que ce qu'elle ne montrait ? Une seule fois dans sa vie Marc avait assisté à ce phénomène, mais c'était dans un film, *Blow Up* : à l'image, on voyait une personne se promener paisiblement le long d'une haute futaie, dans un parc londonien, un soir d'été. Or, un instant plus tard, cette personne allait être mystérieusement assassinée. Le photographe, témoin de cette ultime promenade, eut l'idée d'agrandir son cliché jusqu'aux limites du possible : alors apparut la silhouette d'un homme armé tapi dans les feuillages. Et pourtant, rien ne laissait deviner cette présence sur le premier tirage. Ici non plus, rien ne permettait de dire qu'Hélène allait incessamment quitter Humphrey pour Marc. Or la fêlure devait être là déjà. Il se plaça sous la lampe, exactement sous le faisceau, et s'approcha du regard d'Hélène jusqu'à ne plus rien voir. Oh, cette photo ! Songer que derrière ce masque se tenait l'extraordinaire complexité d'Hélène, ses attentes, ses inexplicables desseins. C'était comme l'emballage d'une boîte de chocolats, on avait envie de soulever pour découvrir enfin, et machinalement il souleva ; il n'y avait rien dessous, naturellement, qu'un vide sidéral qui lui renvoya l'écho de sa propre ignorance. Pourquoi avait-elle choisi Humphrey ? Qu'avait-elle espéré de lui qui n'était pas venu ? Il avait compris tout seul qu'elle disait « mon mari » pour tous les hommes qui avaient partagé sa vie, et il y en avait eu d'autres avant Humphrey. Combien ? Il ne savait pas trop. Parfois, elle évoquait l'un ou l'autre, mais d'une façon qui n'appelait pas de questions. S'y serait-il risqué qu'elle aurait feint de ne rien entendre pour ne pas être désagréable. Et pourquoi son apparition, à lui, Marc, avait-elle mis un terme à cette succession de prétendants ? Pourquoi lui ?

Soudain l'absence du cahier de Turin le précipita dans cette forme d'affolement qu'on éprouve à l'instant où l'on réalise qu'on vient d'oublier son portefeuille à la station-service. Impression vertigineuse d'avoir tout perdu. Oh non ! souffla-t-il, non... Maintenant il se fichait bien de mettre en scène son retour à Turin, tout ce romantisme de pacotille qui n'émouvait que lui, et encore, à cinq heures du matin. Maintenant il se sentait une vocation de détective, il fallait prendre des initiatives, remonter toutes les pistes possibles, rassembler les indices inévitablement oubliés par Hélène ici ou là et susceptibles de la dévoiler, accumuler les témoignages, aussi. Oui. Oui... Jamais il n'avait fait cela, mais il allait apprendre, s'organiser, ouvrir des dossiers, des chemises et des sous-chemises. Les pistes ne manquaient pas quand on y réfléchissait. Le cahier, d'abord. Obtenir les coordonnées de l'hôtel, l'appeler, y aller peut-être. Cette photo, ensuite. Il revint au regard d'Hélène, à ce rire évidemment forcé pour la circonstance, comme s'il fallait afficher... Mais, au fait, qui se tenait derrière l'objectif ? Il devait y avoir moyen de reconstituer la scène, d'identifier le photographe. Alors pour la première fois jaillit en lui l'idée de retrouver Humphrey.

L'excitation le ramena dans la salle de bains où il prit une douche. Il ne disposait d'aucune indication pour retrouver cet ancien voisin dont il avait oublié le prénom et n'avait jamais su le nom. Très vite, après leur voyage de noces à Turin, Humphrey avait quitté le quartier, emportant avec lui les trésors d'Hélène. Ah, mais justement, tiens, il devait y avoir un procès-verbal quelque part puisque la police s'en était mêlée... Marc se félicita de son à-propos puis, sorti de la douche, il entreprit de se raser.

Plus tard, dans le Bottin, il choisit ce qui lui parut être le meilleur laboratoire professionnel, s'assura qu'il était ouvert, dit deux mots de sa photo à la standardiste et lui annonça son passage imminent. « Avant midi, dit-il. — Très bien, quand vous voudrez, monsieur », rétorqua-t-elle en raccrochant. Il fit réchauffer du café et là, devant la casserole, son enthousiasme s'effondra d'un coup. Il eut le sentiment que plus il avançait, plus le livre s'éloignait, se perdait. La veille, il s'était enflammé devant Curtis, pressentant l'imminence d'un souffle puissant qui l'emporterait dans des tourbillons d'émotion, de sensualité, et livrerait Hélène, presque malgré lui, à la dévotion de tous. Or, en fait de souffle puissant, il était en train de se transformer au fil des heures en misérable petit démarcheur. Quel livre sortirait de cette accumulation d'empreintes ? Et puis, surtout, où s'arrêter ? Était-il envisageable de collecter toutes les traces d'une vie ? Et, sinon, pourquoi celles-ci plutôt que celles-là ? Il sentit le découragement le gagner, réalisa que le ton de la standardiste, épouvantablement indifférent, n'y était sans doute pas pour rien, fut tenté de laisser tomber pour s'enfermer dans son bureau séance tenante, mais alors le dépit succéda au découragement : s'enfermer pour écrire quoi, mon Dieu ? Pour la seconde fois depuis la veille il dut s'avouer qu'il ne savait pratiquement rien d'Hélène. Je souris à la seule évocation de son prénom, songea-t-il, je ne range jamais une de ses robes sans la respirer, c'est à elle que je pense immédiatement quand il m'arrive quelque chose de bien, et cependant elle m'est complètement étrangère. Comment est-ce possible ? De quoi se nourrit donc le plaisir d'être ensemble ? Notre amour, de quoi se nourrit-il ? Il eut peur d'être complètement dépassé, de perdre les pédales, et puisqu'il avait ce rendez-vous il partit pour le laboratoire.

Au contraire de la standardiste, l'homme qui le reçut, un cinquantenaire long et maigre dont la physionomie lui rappela Beckett, paraissait disposer de tout son temps.

— À nous ! dit-il, avec un agréable sourire.

— J'aimerais vous confier cette photo à laquelle je tiens énormément, répliqua Marc d'une traite en la lui tendant.

L'homme la balaya du regard sans ciller, avec une gravité qui plut à Marc, puis il la posa bien à plat sur la surface de verre du comptoir et, ajustant un compte-fils sur le visage d'Hélène, il se pencha pour le scruter. Ensuite il fit de même pour Humphrey.

— Oui, dit-il en se redressant, qu'est-ce qui vous intéresse dans cette photo ?

— La jeune femme. Ce qu'elle pense, ce que cache son rire. Enfin, s'il cache quelque chose, je ne sais pas. C'est la question qui me préoccupe. Peut-être qu'il ne cache rien, et dans ce cas rien ne m'intéresse. Je compte sur vos appareils pour me le dire, vos scanners, vos agrandisseurs…

Le regard de l'homme revint à la photo. Il replaça son œil sur le compte-fils, puis celui-ci sur le visage d'Hélène. Marc l'entendit respirer fort à plusieurs reprises, comme les médecins parfois lorsqu'ils vous auscultent, et cela accrut encore sa confiance.

— Qu'est-ce que vous en pensez ? demanda-t-il.

— Vous savez, dit l'homme sans interrompre son examen, même la plus belle femme du monde ne peut donner que ce qu'elle a.

— Oui, peut-être, je ne sais pas… Et alors ?

— Alors j'ai peur que vous ne soyez déçu. Mais la photo est d'assez bonne qualité. Vous avez le négatif ?

Marc ne l'avait pas, non, mais ça ne découragea pas son interlocuteur ; on ferait sans.

Il avait repris espoir en sortant. Qu'un laboratoire travaillât pour lui donnait une forme de légitimité à son entreprise. Il n'était pas mécontent non plus d'avoir engagé ses premiers frais d'enquête.

Il se retrouva à errer dans le XVe arrondissement, à quelques rues du ministère de la Famille, et c'est ainsi que prit corps petit à petit son projet d'aller attendre Hélène. Non pas pour la surprendre, ce qui l'aurait contraint à saluer tous ces gens du cabinet qu'il connaissait plus ou moins, sans pour autant faire progresser ses affaires, mais pour l'observer. L'observer faisait désormais partie de son travail. Il lui était arrivé d'être témoin sans le vouloir de conversations d'Hélène, au téléphone essentiellement, et chaque fois il avait été sidéré par la sensualité qu'elle insufflait aux mots. Cela donnait une musique bien à elle où les respirations, les silences et les rires tenaient une large place. « Explique-moi un truc, Hélène, lui avait-il dit un jour, alors qu'elle venait de raccrocher, les types à qui tu parles sur ce ton, comment font-ils pour ne pas devenir dingues au bout d'un quart d'heure ? Moi, une fille me parlerait comme ça que je tomberais à genoux. — Oui, mais toi tu tombes très facilement, mon chéri, très, très facilement, j'ai bien vu, s'était-elle défendue en se moquant, vaguement confuse tout de même qu'il l'ait surprise, mais tellement charmeuse encore. Les autres, avait-elle ajouté, je les amuse, ça ne va pas plus loin. »

C'était évidemment faux. Le directeur de cabinet lui-même, Pierre Ozanam, père de quatre grands enfants, conseiller d'État, avait un temps entretenu une correspondance privée avec Hélène. Une fois par mois, ils dînaient en tête à tête, et elle rentrait de ces repas un peu ivre et charmée. Elle aimait sa culture, et par-dessus tout, pensait Marc, le fait qu'Ozanam eût pu être son père, et aussi cette élégance qui le portait à s'enquérir constamment du livre en cours de son « cher mari » et de la santé des enfants. Ça n'était pas comme Faure, l'attaché de presse, qui s'était trahi en invitant Hélène seule à sa pendaison de crémaillère alors qu'un minimum d'enquête lui aurait appris qu'il ne risquait rien à inviter Marc – jamais il n'accompagnait Hélène à ce genre de soirée. Il y avait aussi Benoît, un conseiller technique. Lui était homosexuel. Il appelait souvent le soir tard, alors qu'Hélène était déjà au lit, et manifestement il la faisait rire. À ce que comprenait Marc, il voulait généralement savoir si Hélène connaissait la nouvelle boîte de la rue Machin. Parfois elle se rhabillait pour y aller et Benoît passait la prendre. Les autres membres du cabinet étaient trois femmes : deux magistrates d'une cinquantaine d'années en disponibilité, dont l'une, Catherine, était la marraine de Colline, et Armelle, une jeune énarque qui cumulait à peu près tout ce qu'Hélène détestait : la blondeur, la naissance – un père ambassadeur, un oncle ancien ministre – et l'ambition.

C'est Armelle que Marc vit en premier, au côté de Pierre Ozanam. Faure les suivait, seul, caressant discrètement du coin de l'œil les reins d'Armelle tout en se frottant le menton. Faure était constamment en état de manque car il se prenait, paraît-il, râteau sur râteau. Parfois, Marc pensait qu'Hélène, qui l'aimait beaucoup et lui pardonnait toutes ses maladresses, finirait par coucher avec lui. Par compassion. Ensuite apparut Hélène, justement, au bras de Catherine. Catherine était une autre de ses protégées. Quand son mari l'avait abandonnée, deux ou trois ans plus tôt, Hélène avait craint qu'elle ne se suicidât et durant quelques jours Catherine avait habité le bureau de Marc. Colline avait énormément contribué à la réconcilier avec la vie, si bien qu'elles étaient devenues inséparables et qu'Hélène avait fait de l'une la marraine de l'autre. Benoît fermait la marche avec Suzanne, l'autre magistrate.

Ils firent un instant cercle autour d'Ozanam, puis celui-ci pointa une direction et, toujours flanqué d'Armelle, il prit la tête du petit groupe.

Marc suivit à bonne distance leur entrée dans le restaurant. Il leur laissa le temps de s'installer, peut-être même de commander, puis il entra à son tour. L'endroit avait dû héberger autrefois un atelier de maquettistes passionnés d'aviation car sous la haute verrière qui faisait office de toiture on avait suspendu des modèles réduits de biplans et quelques ballons dirigeables. Pour séparer les tables et créer un sentiment d'intimité, le restaurateur avait imaginé de hisser ici et là quelques grand-voiles tachées de rouille. L'ensemble était intelligemment conçu pour ébaudir le rat des villes, lui rappeler les dimensions du vaste monde, et le premier réflexe de Marc fut bien de lever les yeux au ciel. Puis il s'enquit des siens, les repéra là-bas autour d'une table ronde, en partie dissimulés par un gréement de coton rapiécé de vieux rouge, et c'est dans ce coin qu'il demanda une table. En se penchant sur le côté il pouvait entrevoir le profil d'Hélène. Ozanam l'avait placée sur sa gauche, Armelle sur sa droite.

De quoi parlaient-ils ? Ah, de la suppression du divorce pour faute, naturellement. Colette devait intervenir dans quelques jours à l'Assemblée nationale.

— Vous pensez au discours, n'est-ce pas, Hélène ? remarqua affablement Ozanam.

— Si ça ne t'ennuie pas, j'aimerais le lire avant que Colette ne l'ait entre les mains, intervint Armelle.

— En l'occurrence, je trouverais plus judicieux que tu l'écrives, Armelle, rétorqua Hélène sur le ton d'une vive empathie. C'est pas n'importe quel discours, c'est un dossier que tu suis depuis le début, qui te tient à cœur, c'est *ta* réforme…

— En l'occurrence, Hélène a raison, renchérit Benoît, peut-être imperceptiblement ricanant, Colette sera plus en confiance si elle sait que le discours vient de toi, Armelle.

Ozanam s'éclaircit la voix mais ne dit rien. Marc leva les yeux du menu pour observer Armelle, la seule dont le profil lui était librement offert : elle avait repris une bouchée de feuilleté à la crème de champignons et elle mastiquait délicatement sans paraître troublée le moins du monde. Or chacun savait, et elle la première, que c'était une perfidie : douée de multiples talents, Armelle n'avait qu'une faiblesse : elle écrivait comme un commandant de gendarmerie. Elle avait commis l'erreur, en débarquant au cabinet, de réclamer le bureau qu'occupait Hélène à l'étage de la ministre. Hélène avait accepté sans broncher de s'installer un niveau plus bas mais l'épisode l'avait confortée dans l'idée détestable qu'elle se faisait des blondes, sûres d'elles-mêmes et dominatrices. « Quand elle me regarde, avait-elle dit à Marc, j'ai l'impression d'avoir du poil partout et de sentir mauvais. »

— Merci de te défausser sur moi, répliqua finalement Armelle en souriant distraitement en direction d'Hélène, mais j'aimerais le lire, tout simplement.

Et, comme elle reprenait une bouchée, Pierre Ozanam rompit avec tact le silence qui menaçait.

— Hum !... Je vous rappelle que ces déjeuners mensuels sont purement conviviaux et en aucune façon des réunions de travail. Le lieu, d'ailleurs, ne se prête pas à la confidentialité... Et puisque j'ai la parole, j'en profite pour vous annoncer un heureux événement : notre amie Armelle est à... disons... sept mois et demi, Armelle ?

— Sept mois, corrigea celle-ci.

— Eh bien, sept mois d'être maman ! termina Ozanam en lui emprisonnant paternellement le poignet.

De tendres exclamations fusèrent du côté de Catherine et de Suzanne puis, du brouhaha qui suivit, se dégagea rapidement l'opinion, à laquelle chacun se rallia aussitôt, qu'on pouvait difficilement imaginer période plus favorable à la naissance que le mois d'avril. Le thème en avait été lancé par Faure, et Marc salua secrètement sa présence d'esprit. Ne sachant probablement comment se manifester dans cette cacophonie, Faure avait eu l'idée de génie de compter sur ses doigts, tout simplement.

— Avril, mais c'est idéal ! s'était-il écrié.

Les autres n'avaient plus eu qu'à saisir la perche, et chacun déclinait maintenant les avantages du printemps pour la croissance du tout-petit et le confort de la jeune maman. Puis la conversation s'essouffla et on entendit alors Hélène, heureuse de se mettre en avant :

— J'ai des tas de vêtements, et même un landau pratiquement neuf à te passer.

Marc se figea. Il aurait été à côté d'elle qu'il lui aurait discrètement écrasé le pied. Elle n'avait qu'une vague intuition des clivages sociaux, elle continuait de croire qu'on était universellement content, à l'occasion d'une naissance, de recevoir quelques trucs rapiécés des voisins. D'où tu viens ça se fait, mon Hélène, songea-t-il, là-bas, dans le Jura... D'où tu viens... Il n'avait qu'une photo d'elle, enfant, habillée d'un tablier qui lui tombait aux chevilles. Il eut une vision claire du landau « pratiquement neuf » en train de pourrir à la cave, des vêtements de Colline choisis dans la gamme des roses hollywoodiens et des verts granny-smith qu'adorait Hélène, et un rire nerveux le prit à imaginer la tête outragée de cette conne d'Armelle. Hélène, murmura-t-il à son assiette, son mec est directeur de la Caisse des dépôts et consignations, ils habitent Neuilly, tu imagines un peu ? Le problème, pour eux, ça va être de savoir comment se débarrasser de ton cadeau dans les poubelles collectives sans attirer l'attention des voisins.

— C'est adorable, Hélène, dit Armelle, mais tu sais les grands-mères se disputent déjà autour de cet enfant. Je crains qu'on ne se retrouve avec de quoi habiller une compagnie d'orphelins de pied en cap.

Elle fit entendre un ricanement fugace.

— C'est très bien, quand on a la chance d'avoir des grands-mères, il faut les mettre à contribution ! s'exclama Suzanne d'un ton faussement enjoué.

— Ou la malchance ! lui retourna Hélène en éclatant de ce rire un peu forcé qui lui servait généralement à faire passer une énormité.

— Pourquoi dites-vous ça ? se récria Suzanne. Les enfants sont généralement ravis d'avoir leurs deux grands-mères, vous savez.

— Ceux d'Hélène n'en ont aucune, fit observer doucement Catherine. D'ailleurs, dans le cas contraire, je ne serais peut-être pas la marraine de Colline. Quelle enfant merveilleuse !

— Quand je vois les filles et leurs mères, reprit Hélène dans la même veine grinçante, je me dis que j'ai eu bien de la chance d'être orpheline.

— Hélène ! bondit Suzanne, comment pouvez-vous dire une monstruosité pareille ?

— Ce qui est monstrueux, c'est le pouvoir de nuisance de la plupart des mères, Suzanne, ce n'est pas de le constater.

— Il faudra que je te présente la mienne, intervint alors Armelle de sa voix plate, et je suis bien certaine que tu réviseras ton jugement. J'adore maman, elle est formidable.

— Mais naturellement ! abonda Suzanne. Vous avez parfois de ces raisonnements, ma pauvre Hélène...

Pierre Ozanam s'était tu, mais à ce moment Marc l'entendit toussoter.

— Hélène est parfois provocatrice dans sa façon d'exprimer les choses, observa-t-il, mais elle n'a pas toujours tort. Sur cette question des mères et de leurs filles, je vous renvoie notamment aux travaux d'Aldo Naouri. Cela dit, je me réjouis que le bébé d'Armelle puisse d'ores et déjà compter sur deux grands-mères extraordinaires.

On rit avec soulagement autour de la table. Marc songea que nul n'avait eu la cruauté de rappeler à Hélène qu'elle était elle-même mère de deux filles. Et il s'avisa soudain qu'elle ne lui avait jamais dit à quel âge précisément la mort l'avait séparée de sa propre mère.

4

Les premiers symptômes de la maladie étaient apparus un an et demi plus tôt. Cela avait commencé par une banale sciatique, ou du moins par ce que le médecin prit pour une sciatique. Puis, comme la douleur se propageait étrangement à l'autre jambe, le même praticien évoqua un problème possible aux cervicales, et, durant quelques semaines, Hélène porta une minerve. Cela ne la soulagea en rien ; elle avait l'impression, disait-elle à Marc, que ses jambes étaient gainées de plomb. « Pourtant ça ne se voit pas, rétorquait-il, elles sont aussi jolies qu'avant. » Lui songeait à des troubles circulatoires. Certains soirs, il lui massait les jambes à l'huile d'amandes douces. On entreprit des investigations plus poussées et, durant quelques jours, Hélène espéra qu'on lui découvrirait la hernie cervicale tant redoutée deux mois plus tôt car cela aurait au moins l'avantage d'expliquer l'origine de sa souffrance. Elle souhaitait d'autant plus une explication que le port de la minerve avait suivi de peu le moment où elle avait dû céder son bureau à Armelle et que certains au ministère parlaient d'une maladie psychosomatique. Elle fut donc extrêmement abattue quand on lui annonça qu'elle n'avait rien aux cervicales et n'avait en conséquence aucun besoin d'une minerve. Marc partageait son exaspération à l'égard des « psychologues » plus ou moins bien intentionnés du ministère, mais il se félicita néanmoins de la nouvelle : Hélène avait une mauvaise circulation du sang, ils allaient changer de médecin et tout irait mieux.

En fait de problèmes circulatoires, on les dirigea vers un service de neurologie et c'est alors qu'ils prirent petit à petit la mesure de l'événement. Si rien d'anormal n'apparaissait sur l'IRM du cerveau, Hélène avait cependant perdu une partie de ses réflexes à gauche. Était-ce grave ? Oui, ça pouvait être grave. Pourtant l'équipe hospitalière, attentive à noter chacune de ses sensations, ne semblait guère pressée d'établir ne serait-ce qu'un brouillon de diagnostic. Hélène et Marc devinèrent que la neurologie pouvait réserver des surprises de tout genre et qu'ici les médecins avançaient à tâtons. On attendit donc, puis le bras gauche s'engourdit à son tour et, dans le secret de son bureau, entre deux discours pour Colette, Hélène entreprit seule d'identifier cette chose qui l'assaillait. Un soir, elle rentra avec une liasse de documents tirés d'Internet et, fait exceptionnel, demanda à Marc de les lire sur-le-champ. Il s'agissait de la description des signes cliniques d'une maladie neurologique aux conséquences parfois dramatiques. On y reconnaissait les symptômes d'Hélène, mais parmi d'autres bien plus affolants.

— Voilà, j'ai lu, dit-il. Si tu avais ce truc, ça se verrait sur l'IRM.

— Non, justement, ils disent qu'au début ça ne se voit pas.

— Hélène, s'il suffisait de piller Internet pour poser un diagnostic, pourquoi les médecins qui te soignent, l'une des meilleures équipes de Paris, hésiteraient-ils entre une multitude d'hypothèses ?

Les douleurs s'estompèrent, pour resurgir trois mois plus tard. Et durant une année il en alla ainsi, les crises se prolongeant une quinzaine de jours en moyenne.

Enfin les médecins décidèrent d'hospitaliser Hélène pour lui faire des examens plus poussés et lui administrer par intraveineuses un traitement censé la soulager durablement. Il lui arrivait de ne pas pouvoir dormir tellement ses jambes la faisaient souffrir.

Quelques jours avant son entrée à l'hôpital, elle rencontra l'équipe médicale et se fit expliquer en détail le traitement qu'on devait lui dispenser. Elle demanda précisément le nom de chaque substance et, une fois dehors, nota ces noms pour ne pas risquer de les oublier. Ce soir-là, Marc lui trouva un air bizarre. C'était au printemps dernier, il avait fait chaud toute la journée, et cependant elle paraissait grelotter.

— Ça ne va pas, Hélène ?

— Si, si. Tu es gentil de m'avoir attendue pour dîner.

Elle se mit à table en face de lui, les filles étaient déjà au lit, et elle fit habilement semblant de manger. Il raconta qu'il avait tondu le gazon et ramassé l'herbe coupée avec Anna.

Elle fit semblant de s'intéresser au gazon.

— J'ai l'impression qu'il pousse mieux que les autres années, dit-elle.

— Parce que j'ai mis de l'engrais. Le seul ennui, c'est que le terrain est vraiment trop en pente, il ne retient pas l'eau.

— Tu ne pourrais pas inventer quelque chose, faire des retenues ? D'habitude, tu trouves toujours des solutions.

— La seule, ça serait de créer des terrasses, tu vois un peu le chantier…

— Des terrasses ? fit-elle, comme si c'était un mot d'hébreu.

— Excuse-moi, dit Marc, je t'emmerde avec mes histoires.

— Pas du tout, non.

Ils étaient arrivés au dessert et elle alluma une cigarette. Alors, à brûle-pourpoint, elle dit :

— Je ne peux pas supporter l'idée que je vais mourir en laissant les petites filles, je ne peux pas supporter l'idée de leur chagrin, tu comprends, Marc ?

Elle s'était certainement préparée à énoncer cela, à l'énoncer calmement, fermement, parce qu'elle avait besoin que Marc l'entende et le comprenne. Elle pensait y parvenir sans pleurer mais les sanglots la surprirent avant la fin.

— Tu ne vas pas mourir, Hélène, dit Marc. Je te jure que tu ne vas pas mourir.

À quel point il le croyait, c'était même ahurissant, et il s'en fit la réflexion. Tant qu'il serait là, vivant, Hélène ne mourrait pas. Sûrement pas. Il avait une confiance absolue en lui, en sa capacité à la porter à travers les flammes. Il pensait que le désir est capable de soulever des montagnes, en tout cas le sien, et il avait le désir absolu qu'elle vive. Avant de publier son premier roman, vingt ans plus tôt, il avait dû affronter la colère terrifiante de sa mère, ses hurlements, ses coups de fil d'injures au milieu de la nuit, « salaud, disait-elle, espèce de salaud », et finalement la menace de sa mort. Il avait tout encaissé, tenu bon, jamais elle n'était parvenue à entamer son désir de voir ce livre exister, et le roman avait été publié, par Curtis déjà. C'était le seul de ses livres que Marc continuait d'aimer, de vénérer. Quelque temps plus tard, sa mère était effectivement morte, et il pouvait légitimement considérer qu'il l'avait assassinée.

— Je te jure que tu ne vas pas mourir, Hélène, répéta-t-il. Tu m'entends ? Je te le jure.

Elle s'était calmée, elle n'aimait pas les larmes, de toute façon.

— Tu sais, ce qu'ils vont me donner à l'hôpital, dit-elle, c'est ce qu'ils donnent aux gens…

— Eh bien, même si tu as cette maladie on vivra avec, on ne se laissera pas démonter, Hélène, on continuera de vivre quoi qu'il arrive. Tu sais bien comme on est forts. Si tu n'étais pas si forte, si formidablement obstinée, aujourd'hui tu serais coiffeuse à Pontarlier.

Il sourit en se remémorant cette image – coiffeuse à Pontarlier. Est-ce que par le plus grand des hasards, traversant Pontarlier dix ans plus tôt, flanqué de Claire et de David à l'arrière de la voiture, il aurait eu une chance quelconque de rencontrer Hélène ? Eh bien, oui, pourquoi pas ? La devanture du salon de coiffure aurait accroché son regard – « Tiens, si on se faisait couper les douilles ?... Qu'est-ce que tu en penses, David ? » Ils seraient entrés avec un frisson d'impatience – depuis combien de temps une femme ne leur avait-elle pas caressé les cheveux ? Hélène les aurait accueillis en se dandinant sur ses talons roses : « Ces messieurs ! Par lequel je commence ? — Vas-y, David, aurait murmuré Marc, je te regarde. » Mais il n'aurait fait que regarder Hélène, bien entendu, ses jambes, son derrière perché haut, cet incroyable chignon, et quelques jours plus tard, repassant par Pontarlier, il se serait planté devant la devanture, seul cette fois.

« Il ne faut pas rester là, les gens vont croire que la boutique est fermée, aurait-elle dit.

— J'aimerais bien vous demander une nouvelle coupe, mais honnêtement ça me paraît impossible, se serait-il excusé en tirant piteusement sur ses cheveux trop courts.

— Alors demandez-moi autre chose », aurait-elle rétorqué avec son rire d'insolente.

Et voilà, il serait devenu le « mari de la coiffeuse », comme Jean Rochefort dans le film de Patrice Leconte.

Il avait quitté précipitamment le restaurant au moment où Hélène et ses collègues du ministère finissaient leurs desserts, et maintenant il regagnait à pied le XXe arrondissement. Il fallait vraiment qu'Armelle exaspérât Hélène, songea-t-il, pour qu'elle en vînt à se dévoiler ainsi dans ce genre de déjeuner. Marc l'avait souvent entendue dire, en forme de boutade, combien ils étaient privilégiés, l'un comme l'autre, d'être débarrassés de leurs parents, de leurs mères en particulier, mais il n'était qu'à moitié dupe. Plus Hélène devenait elle-même mère, plus la boutade semblait éveiller en elle des souvenirs troublants. Marc l'avait vue évoluer du rire à la perplexité. Au début, ils s'étaient beaucoup amusés à comparer la capacité de nuisance de leurs mamans respectives. Les deux femmes avaient en commun d'avoir mis au monde une ribambelle d'enfants – treize chez Hélène, dix chez Marc. L'une et l'autre fauchées, elles avaient déployé la même énergie pour paraître, pour « tenir leur rang », selon l'expression du moment. Mais la comparaison s'arrêtait là car, au fond, Hélène ne savait pas grand-chose de sa mère. Avant-dernière de la lignée, elle était arrivée après la bataille. Il y avait eu des drames, mais elle n'en avait eu que l'écho à travers les souvenirs codés de ses frères et sœurs. Et puis très vite sa mère avait disparu pour de longs séjours à l'hôpital. Le lendemain de sa mort, Hélène avait été envoyée à l'école, comme d'habitude, et elle avait joué dans la cour comme si tout allait parfaitement bien à la maison. Le surlendemain, pareil, et d'une certaine façon elle n'avait plus jamais cessé de jouer depuis, pas un instant cette mort n'avait interrompu son goût pour la corde à sauter. C'est de là que venait sa perplexité. Quand elle y pensait, elle se demandait pourquoi elle n'avait pas pleuré. Elle en déduisait confusément qu'elle n'avait pas dû aimer sa mère, mais alors aussitôt elle songeait à Anna et à Colline : elle ne parvenait pas à croire que ses filles pussent l'aimer puisqu'elle-même, n'est-ce pas... « Quand elles me sautent au cou, disait-elle à Marc, ça m'étonne chaque fois. Tu penses vraiment qu'elles m'aiment ? » Il avait dû parler tout haut car des adolescentes qui le précédaient sur le trottoir se retournèrent, le fou rire au bord des lèvres.

— Merde, Claire ! fit-il en s'immobilisant, on est vendredi, je l'ai complètement oubliée.

Un vendredi sur deux, Marc déjeunait avec sa fille aînée, et le soir elle arrivait pour le week-end. Ce déjeuner leur permettait de se retrouver avant qu'Anna et Colline ne se disputent Claire. En trois ans, pas une fois il n'avait raté ce rendez-vous, fallait-il que son livre le préoccupât...

Il courut machinalement vers une cabine téléphonique mais une fois dedans s'aperçut qu'il était trois heures passées, de sorte que Claire n'était plus joignable – un portable qui sonnait pendant les heures de cours était irrémédiablement confisqué. Elle avait dû l'attendre devant les grilles du collège, et puis manger un sandwich, ou ne rien manger du tout si elle n'avait pas d'argent sur elle. Claire l'attendant, Claire malheureuse par sa faute, c'était une évocation insupportable. Il sentit qu'il n'était pas loin de pleurer. Tout ce qui touchait à cette enfant prenait dans son esprit des proportions extravagantes, ravivant l'interminable cauchemar qu'avait été son divorce, le désespoir de ne plus savoir David et Claire, Claire surtout, si petite alors, dans le cocon douillet qu'il avait cru filer pour l'éternité.

Comme un type qui se noie, il composa le numéro du bureau d'Hélène.

— Édith, c'est moi, c'est Marc, pardon, j'ai absolument besoin...

— Je vous la passe.

— Mon chéri ! C'est bien que tu penses à moi.

— Il m'arrive une chose épouvantable, Hélène, le déjeuner avec Claire, je l'ai complètement oublié.

— Ah oui, on est vendredi.

— Hélène, est-ce que tu te rends compte ? Elle a dû...

— Elle a dû se demander ce que tu fichais, oui, mais elle a quatorze ans, tu sais, c'est plus tout à fait un bébé.

— Ça me fait tellement de peine de l'imaginer, tu ne peux pas savoir...

— Marc, je voudrais que tu t'entendes quelquefois ! Claire a sauté un déjeuner, point final. À part ça tout va bien, je ne pense pas qu'il lui soit venu à l'esprit une seule seconde que tu étais en train de l'abandonner.

— Qu'est-ce que je peux faire ?

— Toi, rien, surtout. Je vais appeler le collège et demander qu'on lui passe un mot en classe. Qu'est-ce que tu veux que je dise ?

— Depuis ce matin je me crois jeudi, Hélène, c'est la faute de Curtis, d'habitude, c'est le mercredi qu'on déjeune ensemble.

— Bon, alors je mets : Claire chérie, ton père t'aime mais il se croyait jeudi. Pardonne-lui, c'est l'Alzheimer.

— Je veux bien que tu appelles, oui.

— Il va faire très chaud ce week-end, je viens de prendre la météo sur LCI, tu ne veux pas qu'on aille à la mer ?

Si, c'était exactement ce qu'il fallait faire, partir ; Hélène trouvait toujours le truc quand l'atmosphère s'alourdissait. Il réserva aussitôt deux chambres à Étretat et, rasséréné, prit le métro.

En arrivant chez lui il fit du café et s'installa sur les marches du jardin pour le boire. Il aurait fallu tondre, le gazon avait bien profité des pluies torrentielles de la rentrée. Soudain, Marc n'était plus dans la préparation de son livre mais dans l'excitation du départ. Le week-end de septembre à la mer s'imposait au fil des années comme l'ultime pique-nique en famille avant la plongée dans l'hiver. L'ultime bain aussi, pour peu que le soleil chauffe un minimum. Dénicher des maillots était chaque fois un casse-tête. Hélène se moquait de se baigner en culotte, mais pour Claire, Anna et Colline une grande partie du plaisir tenait précisément à l'esthétique du maillot.

Il surveillait l'heure. Au quart, il se leva pour aller tranquillement jusqu'à l'école. Ah, tiens, Violette n'était pas en retard, il reconnut sa petite auto crème à cheval sur le trottoir, et elle dedans qui fumait, la portière entrouverte. Violette était une des trois amies d'Hélène, celle que Marc croisait le plus souvent parce que ses filles fréquentaient la même école qu'Anna et Colline. Quand elles ne voyaient pas venir leur mère après dix ou quinze minutes, elles montaient à la villa et Marc était chaque fois extrêmement satisfait de les accueillir. Cela comblait en lui un souci constant de tenir tête aux minuscules vacheries de l'existence, celles qui frappent les enfants en particulier. Il les installait confortablement, leur servait à goûter, en faisait un peu trop, simplement parce qu'elles lui rappelaient sa sœur aînée, ses frères et lui au même âge, quand son père les laissait attendre dans le froid jusqu'à la nuit noire parfois. Eh bien, non, se disait-il, ça ne va pas recommencer, on ne va pas de nouveau se laisser engluer dans cette merde. Et puis Violette arrivait, Marc lui proposait une tasse de thé et ainsi personne ne se sentait bousculé, malmené. Elle aurait été probablement furieuse si elle avait su ce que Marc imaginait au fond, tout ce cinéma qu'il s'inventait autour de ses filles, mais elle n'en avait aucune idée.

Elle sortit pour patienter avec lui parmi la société un peu lasse des parents et grands-mères.

— Ça va, ta nouvelle maison ? s'enquit-il.

— Oui, mais le toit continue à fuir. Ce type est incroyable, tu sais, enfin, le propriétaire. Tu l'appelles, il te jure qu'il t'envoie les ouvriers, mais en réalité il s'en fiche complètement.

Marc pensa que Violette ne devait pas beaucoup impressionner le propriétaire avec sa voix de moineau et cet air un peu perdu, ou transi, qu'elle avait souvent. Tiens, c'est ça, songea-t-il, on la dirait échappée d'un film de Hitchcock, on se demande toujours ce qui va lui tomber sur la tête. Il eut envie de lui dire qu'il allait appeler le propriétaire – Violette était vraiment très jolie, touchante, surtout –, mais il n'osa pas.

— Tu devrais demander à Charly de lui faire peur, dit-il.

— Charly n'en a rien à faire qu'il pleuve dans la maison, rétorqua-t-elle, et de toute façon il est à San Francisco pour un mois.

À ce moment-là les premiers enfants surgirent et, comme la plupart des adultes présents, Marc s'étonna silencieusement pour la énième fois de la disproportion existant entre la hauteur de ces petits êtres et la taille invraisemblable des cartables qu'ils avaient sur le dos. On a beau le savoir, on ne s'y habitue pas, pensa-t-il. Un de ces coolies minuscules s'immobilisa devant lui, c'était Colline.

— Ça va, ma Colline ? fit-il en s'accroupissant tant bien que mal dans la cohue.

— Oui, ben tu sais, Anna elle a dit à Omar que si il continuait à nous embêter elle allait le dire à nos parents.

— Qu'est-ce qu'il a fait pour vous embêter ?

— Avec un autre, là, ils tiennent la porte des cabinets et on peut plus sortir.

— Merde, je vais lui foutre mon pied au cul, à Omar ! Montre-le-moi ! dit-il en se redressant péniblement, Colline et son cartable dans les bras.

Elle chercha des yeux Omar dans le flot qui s'écoulait de l'école, mais ceux-là avaient au moins une tête de plus que les précédents et c'est

Anna qu'elle repéra, suivie d'Ingrid, l'aînée de Violette.

— Salut, les filles, on cherche Omar.

— On sait pas où il est, nous.

Le trottoir grouillait maintenant d'une foule surexcitée d'où émergeaient quelques adultes hébétés.

— Bon, c'est trop tard, dit Marc. Lundi tu me le montreras, Colline, d'accord ?

Il vit Violette s'éloigner vers la gauche, lui partit dans l'autre sens. Quand le paysage s'éclaircit alentour, il posa sa fille et lui prit la main. Anna marchait trois pas en avant d'eux. En fin de journée, la main de Colline avait la consistance d'une figue mûre, chaude et poisseuse. Souvent, dans le métro, Marc riait tout seul en pensant à cette petite chose collante, la main de Colline à la sortie. Il se pencha pour la regarder : elle avait du noir sur le nez, les joues très rouges, les cheveux collés aux tempes, elle avait dû beaucoup sauter, beaucoup courir, énormément se dépenser. À quoi pensait-elle, là ?

— Tu es fatiguée, Colline ? demanda-t-il.

Elle ne répondit pas, elle était ailleurs, et « fatiguée » ne lui disait rien. « Envie de dormir », oui, ça elle comprenait, et il lui arrivait de monter se coucher avant le dîner sans prévenir personne.

— Eh, Anna, si on sent le pâté, il faut nous le dire, hein ? cria-t-il.

— Le pâté ! rigola Colline, soudain tirée de sa rêverie. Le pâté !

Anna se retourna furtivement pour vérifier qu'aucune fille de sa bande n'était dans les parages.

— Vraiment, papa, dit-elle, t'es embêtant à venir nous chercher comme si on était des petits. Je sais très bien rentrer toute seule.

— Toi, oui, mais Colline a encore besoin de moi.

— Je suis capable de la raccompagner, t'as bien vu, hier ? Hein, Colline ?

— Oui, mais moi je préfère quand papa vient.

— Bien sûr ! Bien sûr ! T'es la plus chiante des sœurs ! N'empêche que t'étais bien contente que je sois là cet après-midi quand Omar t'a enfermée dans les toilettes. Eh ben, la prochaine fois je te défendrai pas, tant pis pour toi.

— Je m'en fiche parce que papa a dit qu'il allait lui foutre son pied dans le cul, d'abord.

— T'es qu'une petite peste !

— Ça c'est vrai, Colline, tu pourrais remercier Anna.

— Omar il a même pas peur d'elle en plus...

En poussant la porte de la maison ils entendirent la voix de Violette extraordinairement amplifiée par le répondeur : Je ne sais pas où j'ai la tête décidément, disait-elle sur fond de klaxons et d'exclamations d'enfants, ce soir je fais un grand couscous à la maison, enfin, tu sais, comme au printemps, j'essaie, une fois par mois, j'avais prévenu Hélène mais je pense qu'elle a oublié... Marc coupa et la rappela aussitôt. Elle était manifestement encore en voiture, dans un embouteillage.

— Violette, je suis désolé, mais on part à la plage pour le week-end...

— C'est vrai ? s'écria Anna en renonçant aussitôt à aller aux toilettes. T'as entendu, Colline, papa a dit qu'on partait à la mer !

— Alors ils vont nous acheter des bouées !

— J'en ai pas besoin, moi, je sais nager, mais si tu veux je t'apprendrai...

— C'est pas difficile de nager, Jasmine elle m'a montré dans la cour, déjà.

— Si, c'est très difficile, là vraiment tu te trompes, Colline, si tu crois que c'est facile. On demandera à maman si tu...

Alors la porte s'ouvrit et Claire apparut dans le porche. Marc, qui allait raccrocher, vit Anna se figer, comme frappée de stupeur.

— Ouais, Claire ! hurla Colline en se ruant dans ses bras.

Claire souleva sa petite sœur, elles s'embrassèrent, rirent, et pendant tout ce temps-là Anna ne bougea pas, une main retenant son pantalon qu'elle avait oublié de reboutonner après sa fausse incursion aux toilettes. Marc lut sur son visage l'étonnement ébloui que lui inspirait Claire, entrecoupé de brefs passages nuageux, signes de la souffrance qui la traversait invariablement au spectacle de sa sœur aînée. « Comme Claire, quoi », disait-elle, lorsque sa mère décrivait à Marc telle ou telle beauté ahurissante croisée au ministère ou dans *Elle*. Et à ses copines : « Ma grande sœur, elle va être actrice. Ses cheveux, tu vois, ils sont de la même couleur que le soleil. »

Puis Claire posa Colline.

— Eh ben, salut, Anna ! dit-elle.

Toute la tension d'Anna fondit d'un coup, elle tendit les bras et voulut marcher vers Claire, mais alors son pantalon lui tomba sur les chevilles.

Claire éclata de rire, Colline explosa littéralement. Un instant, Marc espéra qu'Anna allait en rire également. Elle eut un petit rictus équivoque en se penchant pour se reculotter, mais aussitôt son pantalon boutonné, elle se décomposa et s'enfuit en courant vers l'escalier.

— Vous êtes trop méchants ! Trop méchants ! Je vous déteste ! parvint-elle à articuler entre deux sanglots.

Ils entendirent la porte de sa chambre claquer à toute volée.

— Merde ! dit Marc. Claire, tu aurais pu te dispenser de rire, quand même.

— Mais écoute, c'était trop drôle !

— Oui, bon, tu sais bien comment elle est... Bonjour, ma chérie, tu as eu le mot d'Hélène pour midi ?

— Oui, mais je t'avais pas attendu, tu sais. Quand j'ai vu que tu n'arrivais pas, j'ai rejoint Manon au grec, elle m'a payé un sandwich.

— Ah, c'est bien, c'est bien. Commence à goûter avec Colline, je vais voir Anna.

— J'ai un petit cadeau pour elle, si tu veux, j'y vais, moi.

— D'accord, vas-y, c'est mieux.

Un moment plus tard elles redescendaient en se tenant par la main. Anna portait autour du cou le cadeau de Claire : un stylo quatre couleurs muni d'un cordon.

— T'as vu, papa, c'est superpratique.

— Trop de chance, maugréa Colline, embusquée derrière son bol de chocolat.

— Attends, j'ai aussi un truc pour toi, fit Claire, bifurquant subitement vers son sac à dos qu'elle avait laissé tomber dans l'entrée.

C'était une petite loupe. Colline avait découvert récemment, en empruntant celle de son père, combien les choses les plus ordinaires – une banane, une mouche morte, ou même une brosse à dents – pouvaient être horrifiantes observées à travers cet appareil. La révélation des pouvoirs mystérieux d'une loupe avait conforté sa foi en la magie. Durant l'été, elle avait exaspéré Anna en refusant de croire qu'Hélène et Marc avaient eu des parents. « Alors comment tu crois qu'ils sont arrivés sur la Terre, papa et maman, espèce de crétine ? s'était enquise Anna. — Ben c'est comme ça la magie, tiens ! — T'es vraiment trop bête ! » Il n'empêche qu'Anna elle-même avait poussé des cris de frayeur quand Colline lui avait montré un petit scorpion provençal à travers la loupe.

— Vous auriez pu me prévenir plus tôt qu'on allait à la mer, dit Claire en s'attablant enfin, j'ai même pas de maillot.

— On s'en fout, on en achètera.

— Ouais, on s'en fout, répéta Colline, tout en cherchant ce qu'elle pourrait bien transformer avec sa lentille magique.

Le téléphone sonna pendant qu'ils goûtaient – c'était Hélène. Pour gagner du temps, elle n'allait pas rentrer, ils n'avaient qu'à passer la prendre d'ici une heure ou deux et elle irait à Étretat habillée comme elle était.

Marc grimpa aussitôt dans leur chambre. Il lui prit quelques vêtements d'été qu'il jeta dans un sac, fit de même dans les chambres des filles.

— Allez, dit-il en descendant, vous finissez de manger et on y va.

Il griffonna un mot pour David, recommanda à chacune de prendre un anorak à tout hasard, et un quart d'heure plus tard ils montaient en voiture.

Claire s'installa devant.

— Bon, finalement, papa, je vais peut-être sortir avec Samuel, dit-elle avec un regard de biais en tirant sur les manches de son pull.

— Ah bon ! Je croyais qu'il était complètement con…

— Dans ma classe y a un Samuel, observa Colline.

— Oui, mais là il a dit à Manon qu'il m'aimait, rétorqua Claire.

— Même que c'est le copain d'Omar, mais Jasmine elle l'aime quand même, Samuel, poursuivit Colline.

— Et toi ? demanda Marc.

— En fait, je trouve qu'il a beaucoup changé cet été, dit Claire. Ses parents se sont séparés, enfin, c'est son père qui est parti, je crois.

— Oui, ben la mère de Samuel, elle est morte, en plus.

— Tu peux pas te taire, à la fin ! hurla Anna.

Marc la chercha dans son rétroviseur, et alors seulement il s'aperçut qu'Anna se tenait accrochée au dossier du siège de Claire, son visage tout près du sien, légèrement plus bas.

— Qu'est-ce qu'il y a, Anna ?

— Elle fait exprès de parler pour m'empêcher d'écouter Claire.

— Mais non ! Pourquoi tu parles, Colline, qu'est-ce que tu dis ?

— Eh ben, la mère de Samuel elle est morte, déjà.

— Quel Samuel ? Attends, je ne comprends plus rien.

— Samuel de mon école.

— Il a perdu sa mère ?

— Il l'a pas perdue, elle est morte, je te dis.

— Le pauvre... Mais c'est ton ami, ma Colline ?

— Non, c'est lui qui nous embête avec Omar.

— Bon, papa, dit Claire, c'est chaque fois pareil, on peut jamais parler.

— Oui, excuse-moi. Tu me raconteras plus tard, Colline, d'accord ? Maintenant c'est au tour de Claire de parler, d'autant plus qu'on ne l'a pas vue depuis longtemps.

Claire redit donc qu'elle envisageait de sortir avec Samuel. Selon elle, les choses allaient se dérouler de la façon suivante : lundi ou mardi elle confierait à Manon qu'elle aimait également Samuel. Aussitôt prévenu, celui-ci proposerait de les attendre mercredi près du tennis couvert. Là, ils parleraient un moment tous les trois, puis Manon s'en irait et Claire et Samuel s'embrasseraient.

— Ah, d'accord, dit Marc.

Dans le rétroviseur, Anna avait l'air époustouflée.

— Samuel..., commença-t-elle.

— Attends, Anna, je parle avec papa, l'interrompit Claire.

— Oui, mais réponds-lui, ça l'intéresse aussi, dit Marc.

— Samuel, il est dans ta classe ? reprit alors Anna.

— Non, dans l'autre troisième, mais on se voit dans la cour.

En se retournant, elle croisa l'œil scrutateur d'Anna.

— Ben pourquoi tu me regardes comme ça ? C'est normal, tu sais, toutes mes copines elles ont déjà embrassé un garçon.

— Je sais, hein, fit Anna, gênée.

— Et après, comment ça se passe ? demanda Marc.

— Après on se donne la main. Enfin, on se promène en se donnant la main, quoi.

— J'aimerais bien le voir, Samuel, dit Anna.

— Ça, moi aussi ! fit Marc en claquant bêtement son volant. On pourrait l'inviter à dîner ?

— Certainement pas ! s'écria Claire, oh, la honte...

— Quoi, la honte ? T'as honte de ton père ? brailla Marc en feignant de la gifler.

— Ben oui, tiens ! T'as vu comment t'es ?

— On dirait un vieux clochard avec tes cheveux, renchérit Anna, se laissant aller à rire.

— Ah oui, Anna, j'ai bien noté que je n'existais plus devant ton école... L'autre jour, poursuivit Marc à l'intention de Claire, elle a même fait semblant de ne pas me connaître, cette petite mijaurée.

— Toi, encore, ça va, papa, le pire, c'est Colline, reprit Claire. T'es tranquillement en train de goûter avec tes amis et t'entends : « Si je vais faire caca, Claire, tu viendras m'essuyer ? » Le truc qui te donne bien faim, déjà, et pas ridicule... « Oui, ma chérie, va faire ton gros caca... »

— Même pas vrai, dit Colline.

— Oh ! c'est pas vrai, papa ?

— J'étais pas là, ma chérie, sinon, c'est à moi qu'elle aurait demandé. Et de toute façon, ça fait au moins un an qu'elle s'essuie toute seule.

Ils arrivaient. Claire pianota sur son portable pour avertir Hélène, qui, dans sa hâte, faillit se faire renverser par un taxi. Marc vit nettement sa robe légère, soulevée par le souffle, caresser le flanc de la voiture. Il n'émit pas un son, et quand il réalisa à quoi ils venaient d'échapper, tous, Hélène était à la portière de Claire, lui tirant l'oreille.

— Non, mais regardez-la, celle-ci, qui prend déjà la place de sa méchante marâtre…

Faisait-elle semblant ou n'avait-elle réellement rien vu, rien senti ? Ces derniers mois, elle avait multiplié les bizarreries : oublié tous ses papiers à la terrasse d'un café, jeté ses médicaments dans une poubelle du métro à la place des écorces de litchis qu'elle venait de manger, ouvert le gaz en oubliant d'allumer…

— Hélène, dit-il sourdement quand elle fut assise, la voiture, elle t'a presque touchée.

— Quelle voiture ? Pourquoi tu me parles comme ça ?

— Quand tu as traversé, là, tout de suite, un taxi, il t'a frôlée…

Lorsqu'elle ne comprenait pas, ou feignait de ne pas comprendre, elle avait l'habileté de retourner la situation à son avantage en accablant son interlocuteur d'un regard à la fois agacé et arrogant.

— Hélène, répéta-t-il doucement, soutenant son regard, tu n'as pas pu ne pas le voir, ne pas l'entendre.

Elle secoua la tête, comme si elle était au comble de l'exaspération, et brusquement elle se retourna vers les filles.

— J'ai encore entendu la météo juste avant de descendre, ils annoncent un week-end d'été, vous avez bien pris les crèmes solaires, j'espère ?

Elles ne répondirent pas, trop occupées à se disputer les fenêtres. Marc enclencha la première.

5

Sur l'autoroute, Hélène caressa furtivement la main de Marc.

— Excuse-moi, dit-elle très vite.

Claire parlait, il est probable qu'elle n'entendit pas.

Marc se demanda ce qu'il devait excuser. Il avait le choix entre un mensonge – Hélène avait vu le taxi mais n'avait aucune envie de commenter l'incident – et un acte manqué – elle ne l'avait pas vu mais elle se savait parfaitement capable en ce moment de traverser sans regarder.

Il eut envie de s'arrêter et de la prendre dans ses bras. Envie de dire à Claire de se taire. Mais aussitôt, naturellement, il se le reprocha : elle était si contente de ce prochain baiser avec Samuel !

— N'empêche que toutes les filles de la classe elles ont un copain depuis longtemps. Sans rire, je suis la dernière.

— Pourtant tu es la plus jolie, observa Marc.

— Non mais écoutez-le, celui-là ! s'esclaffa Hélène. Ma Claire si jolie, si gracieuse, comment se fait-il qu'ils ne soient pas tous à ramper ? Figure-toi que c'est pas forcément les plus belles qui plaisent aux garçons.

— Y a qu'à voir toi, d'ailleurs, dit Claire.

— Attends un peu que je te claque, fit Hélène en se retournant.

Marc les entendit glousser, Anna prenant ostensiblement la défense de Claire.

— Moi, quand j'avais ton âge, reprit Hélène un peu plus tard, je n'intéressais pas les garçons.

— À quel âge t'en as embrassé un pour la première fois ? demanda Claire.

— Avec la langue ? s'enquit Hélène en ricanant.

— Ben oui, tiens, sinon, ça compte pas.

— Ah, ça, c'est un secret.

— Elle s'en souvient même pas ! hurla Claire.

— Si, je m'en souviens, mais c'est un secret.

— Même papa, il le sait pas ? demanda Anna.

— Mais ton père il ne sait rien du tout, dit Hélène en ricanant de plus belle.

— Ça, c'est vrai, confirma-t-il tout bas.

Ils avaient passé les premières sorties de la banlieue ouest, Vaucresson, Saint-Germain, et l'autoroute s'enfonçait maintenant entre deux rideaux d'arbres. Le soleil, bas, déjà, disparut complètement derrière les frondaisons de gauche et ils se retrouvèrent filant à pleine vitesse dans un demi-crépuscule. Cela contribua sans doute à dissiper l'excitation et chacun s'absorba dans ses propres soucis. Jamais Marc n'avait interrogé Hélène sur sa vie sentimentale avant lui. Il y avait quelques jours seulement, il aurait dit que ça ne l'intéressait pas. Pourtant, à ce moment précis, là, sur l'autoroute, il aurait donné cher pour deux ou trois photos d'elle, à quatorze ans, dans les rues de Pontarlier. Depuis qu'il pensait à ce livre il avait le sentiment que son amour pour Hélène débordait le cadre de leur histoire pour remonter le temps, infiltrer les couches argileuses de la mémoire et y prendre racine. C'est idiot, songea-t-il, on ne peut pas aimer rétroactivement. Non, mais alors comment expliquer l'émotion qui le saisissait à l'*idée* d'Hélène bien des années avant qu'il ne la rencontre ? L'*idée* d'Hélène enfant, puis adolescente. Il se vit arpentant seul les rues de Pontarlier, transi, retenant son souffle, écoutant ici et là l'écho lointain de son rire, de son insolence. À quatorze ans, à quinze ans. Une fois, elle lui avait dit qu'elle avait vendu des brioches dans la rue principale. Et pas mal volé dans la caisse aussi. Pontarlier. La briocherie avait peut-être survécu à son passage, tout de même... Mon Dieu, et Turin ! Il n'avait toujours pas trouvé le temps d'appeler, ce qui fait qu'il ne savait même pas si l'hôtel existait encore, s'il avait une chance sur mille de remettre la main sur son cahier.

— C'est pas drôle, y a même pas de musique, dit Colline.

Hélène glissa dans l'appareil une cassette de Joe Dassin, et Marc pensa que leurs filles étaient probablement les seules de leur génération à connaître tout le répertoire de ce chanteur disparu quinze ou vingt ans plus tôt. Avec Christophe, les Poppies et quelques autres, Dassin démarrait discrètement une seconde carrière grâce à Hélène.

Soudain, la forêt cessa, et le soleil couchant inonda l'habitacle.

Hélène chercha ses lunettes noires, les posa sur son nez, allongea les jambes et soupira.

— Si on arrive assez tôt, on les emmène à la crêperie, d'accord ? proposa Marc.

— Ça vous dit, la crêperie ? cria-t-elle pour couvrir la musique.

On perçut nettement l'exclamation de Colline, puis Marc vit Anna dans son rétroviseur expliquer à Claire avec flamme un truc apparemment inouï, et c'était, devina-t-il à ses doigts dressés, qu'elles allaient manger des crêpes pour la deuxième fois dans la même semaine.

Envers et contre tout, songea-t-il, on est devenu une famille. De sa part à lui ça n'avait rien d'étonnant, il n'avait fait qu'imiter son propre père, inlassable chef scout formé à l'école du Maréchal. Mais d'Hélène, jamais il n'aurait pensé, il y a dix ans, que ce fût possible. Ça tombait bien parce que lui, à l'époque, n'avait pas l'intention d'avoir d'autres enfants, profondément ébranlé par son naufrage avec Agnès. Il n'avait donc rien demandé. Elle l'avait voulu, lui, eh bien, voilà, elle l'avait, et le hasard faisait bien les choses puisque le visage d'Hélène, son chignon, sa silhouette, avaient justement bouleversé Marc au premier regard. Après quelques jours, il lui avait répété timidement qu'il croyait l'aimer, et là il avait compris qu'il aurait mieux fait de se taire. Durant quarante-huit heures elle avait tenté de le convaincre qu'elle n'était pas aimable. Elle avait toujours couché avec n'importe qui, avait-elle prétendu, et depuis très longtemps, très très longtemps, si tu savais, à treize ans déjà. Elle aimait le désir qu'elle inspirait aux hommes, aux hommes vraiment, hein, les garçons de mon âge ne m'ont jamais intéressée, la violence de ce désir, mais aussitôt que l'un d'entre eux se dévoilait, baissait la garde, elle en faisait de la bouillie. Et disparaissait. « De la bouillie, ah bon ! » avait relevé Marc. Et elle, remontée comme un hachoir : « Ne dis pas que tu m'aimes, tu ne me connais pas. Tu es très naïf comme garçon, tu n'as jamais aimé que ton Agnès. Si tu pouvais lire dans mon cœur, tu verrais comme tout est noir dedans. Je fais beaucoup de mal aux hommes qui m'approchent, de trop près, je veux dire. Ne me demande pas pourquoi, je ne le sais pas moi-même, mais c'est comme ça. Je peux être destructrice, tricheuse, perverse. J'ai l'impression que tu ne sais rien de la vie, Marc, que tu ne te rends pas compte du mal que je pourrais te faire… — J'essaie d'imaginer, si. » Il ne l'avait pas vraiment prise au sérieux mais il ne l'avait plus tenue au courant de ses sentiments. Et c'était aussi bien parce qu'il pensait encore beaucoup trop à Agnès pour aimer Hélène tous les jours. C'est elle qui, la première, avait parlé d'un enfant, deux bonnes années après l'avoir prévenu qu'il ferait mieux de se méfier. Il avait dit non, puis oui.

La crêperie était encore à moitié pleine quand ils y entrèrent. Colline s'était copieusement vomi dessus dans les derniers kilomètres et Claire avait menacé de rester dans la voiture si on ne la changeait pas avant d'aller au restaurant.

— Enfin, t'es cinglée, avait dit Marc, on ne va pas la déshabiller sur le trottoir à cette heure-ci. De toute façon, ça se voit à peine.

— Peut-être, mais ça sent mauvais.

— Oui, eh bien on s'en fout.

— Pas moi, avec Colline, c'est chaque fois la même chose, quand elle ne va pas faire caca au milieu du dessert, elle sent le vomi.

De fait, tous les regards se tournèrent vers Colline, non pas à cause de l'odeur, d'après Marc, mais parce qu'elle était verdâtre.

— Tais-toi papa, je ne te parle plus jusqu'à la fin du repas, dit Claire. Partout où on va tu nous ridiculises.

Puis la patronne vint s'extasier sur les yeux de Colline, et Claire se détendit.

Hélène avait pas mal bu. Après le dîner, ils allèrent sur la plage. Elle s'assit à côté de Marc sur les galets et alluma une cigarette. Le fracas du ressac en contrebas couvrait par intermittence les hurlements des filles. Ils attendirent qu'elles en aient assez de jouer et demandent à remonter. C'était une nuit sans lune, à peine étoilée, il était impossible de départager le ciel et la mer. Par moments, une brise de terre leur apportait des effluves d'étable et de feu de bois. Plus tard, à l'hôtel, ils assistèrent à la répartition traditionnelle des savonnettes et des shampooings, puis des lits.

— Demain, pas le droit d'allumer la télévision tant qu'on n'est pas toutes les trois réveillées, dit Claire.

— Oui, mais si moi je m'ennuie, je l'allume, rétorqua Colline.

Alors Claire :

— Papa, dis-lui qu'elle n'a pas le droit, elle est trop chiante à la fin.

Hélène se mit à chanter. Ils avaient recouvert la lampe de chevet d'une serviette-éponge pour adoucir la lumière. Jamais elle n'avait fait cela encore – se mettre à chanter doucement, mais si clairement, si distinctement, pendant l'amour. Marc en fut étonné, puis ébloui. Il eut envie de s'interrompre pour l'écouter, pour la regarder, surtout, mais il eut peur de tout gâcher. Avec Hélène il ne fallait pas nommer les moments de félicité, mais constamment feindre de ne s'apercevoir de rien de crainte que tout cela ne s'évanouît. Elle pensait que le bonheur avait besoin du secret pour s'incarner, comme la Vierge Marie, en laquelle elle prétendait croire, avait besoin du recueillement des siens pour se matérialiser ici ou là.

Météo France ne s'était pas trompé, ils prirent leur petit déjeuner en terrasse. Sur la plage, face à la mer étale, des goélands, comme eux, se chauffaient les omoplates aux premiers rayons surgis des falaises. Ils s'étaient regroupés dans le coin des barques de pêche où flotte généralement une odeur de poisson pourri. Personne ne contredit Hélène lorsqu'elle proposa de faire quelques courses avant de s'allonger sur les galets : d'abord il faisait encore un peu frais pour se déshabiller, et puis Colline attendait sa bouée et chacune un maillot, si possible avec les bretelles croisées dans le dos – elles s'étaient manifestement concertées.

La divine surprise vint des commerçants d'Étretat qui s'étaient donné le mot pour liquider leurs collections d'été à la faveur de ce week-end exceptionnel. À la curiosité d'Hélène, aux premiers échanges ravis qu'elle eut avec Claire, Marc comprit pour la première fois qu'il pouvait être agréable d'être riche. La chose leur était tombée dessus par hasard, l'hiver précédent : alors que le dernier roman de Marc se vendait médiocrement, la biographie d'une inconnue, héroïne moscovite engagée contre la corruption, s'était miraculeusement installée en tête des ventes. Marc était le nègre de ce livre. À l'époque, il n'avait pas prêté une grande attention à son succès, focalisé sur les examens médicaux d'Hélène. Quand il s'était avisé qu'il avait gagné plus d'argent qu'avec ses dix romans précédents, il n'avait pas su s'il devait en rire ou en pleurer et, finalement, il s'était démoli l'arcade sourcilière en rentrant dans un réverbère. « Je ne veux pas être riche, avait-il dit à Hélène venue le récupérer aux urgences, insensiblement on va changer de vie, payer d'énormes impôts, habituer les enfants au fric. Ensuite, nous n'aurons plus le courage de les priver de ce confort et moi je serai malheureux de ne pas rapporter suffisamment d'argent avec mes romans. » Hélène voulait bien être riche, elle, Marc le savait, au fond, et une partie de son désarroi venait de là. Il n'y avait qu'à voir avec quel enthousiasme elle dépensait pour les enfants, pour elle, pour ses amies, et l'ennui qui la saisissait lorsque la banque leur signalait qu'ils étaient à découvert.

Elle n'avait pas protesté, cependant, et Marc avait provisoirement résolu le problème en laissant dormir cette fortune chez son éditeur.

Hélène dit :

— Et j'aime bien aussi la petite robe, là, sur la gauche.

— Pour toi ? s'enquit Claire.

— Mais non, pour toi ! Quelle cruche, celle-ci... Tu me vois habillée avec un truc complètement transparent ?

— Avec toi on sait jamais, fit Claire en se pinçant le menton, tu mets bien des chaussures dépareillées.

— Entrez essayer, et nous on vous regarde, proposa Marc.

Ce qui était agréable, grisant, même, c'était de songer qu'ils avaient les moyens d'acheter tout le magasin si ça faisait plaisir à Hélène. C'était un bonheur éphémère, une satisfaction de nouveau riche parfaitement en contradiction avec ce que Marc prétendait neuf mois plus tôt, il en était conscient mais subitement il s'en foutait. Ce dont il avait envie, c'était de s'asseoir confortablement dans la boutique, comme un émir du Qatar, Colline sur ses genoux, et de regarder sa femme et ses filles s'émerveiller d'être si belles en ces multiples miroirs. Il le fit, il s'assit et prit Colline sur ses genoux.

Hélène avait toujours la même expression de perplexité courroucée au moment de décrocher un vêtement, mais parfois son visage s'illuminait furtivement, à l'instant probablement où elle se figurait dedans, alors elle jetait un œil en direction de Marc en le lui montrant, avec une vague moue de dépit pour ne pas l'influencer, et, comme il acquiesçait chaleureusement, elle souriait franchement et filait à la cabine de son pas décidé. Cette fois, elle décrocha trois ou quatre cintres tout en incitant Anna et Claire à l'imiter dans le rayon voisin des douze-seize ans.

— Ouais, maman, on dirait une dame ! s'esclaffa tout bas Colline.

Hélène venait de surgir dans une robe de soie gris perle qui la métamorphosait en effet. Marc songea à son amour de jeunesse, Mme Récamier, qui, dans le *Lagarde et Michard*, alanguie sur un sofa, portait une robe d'une coupe similaire, délicieusement froncée sous les seins qu'elle avait petits et lourds comme Hélène. Il en demeura stupéfié durant quelques secondes, traversé par des sentiments ambivalents où la colère le disputait au ravissement : mon Dieu, pourquoi sa femme ne s'habillait-elle pas chaque matin avec le même souci d'élégance, de raffinement ? Les épaules menues, la nuque tendrement arquée sous le chignon, tout cela soudain gagnait une grâce qu'il avait oubliée. Et c'était sa faute à elle, naturellement, avec son goût extravagant pour les paillettes bon marché, les rose acrylique, les fourrures synthétiques, des trucs immettables, en réalité, qu'elle rapportait du *Guerrisol* de Belleville ou des boutiques chinoises du quartier de l'Évangile. En s'extasiant, de surcroît.

Il posa Colline et s'approcha.

— Elle te va bien, c'est incroyable !

— Tu trouves ?

— Hélène ! Enfin, tu n'es pas aveugle, tout de même...

— Je ne sais pas, c'est pas mon style.

— Ça, c'est vrai.

— J'ai l'impression d'être habillée comme Armelle.

— Sauf que ça te va mieux qu'à elle, justement.

— Au fait, je t'ai pas dit, elle attend un bébé, fit-elle en se tournant pour s'observer de dos. C'est une femme comme elle qu'il t'aurait fallu, elle est beaucoup plus ton genre que moi.

— Oui, mais elle est déjà prise.

— Moi je ne suis pas assez bien élevée pour toi.

— Dites-lui qu'elle est magnifique, s'il vous plaît, dit Marc à la vendeuse, vaguement gêné qu'elle assiste à cette conversation idiote.

C'était une jeune fille souriante, mais apparemment timide – elle ne devait pas être la patronne.

— Elle vous va très bien, madame, c'est exact, abonda-t-elle poliment, et c'est la dernière, vous ne devriez pas hésiter.

— Je ne la mettrai pas, c'est pas mon style, répéta Hélène, le menton sur la poitrine, avec cet air buté que lui empruntait souvent Anna.

Et soudain, comme si elle venait de comprendre ce que cachait l'empressement de Marc – un désir confus de la sublimer, de s'étourdir d'une image d'elle qui n'appartenait qu'à lui, finalement –, elle bascula dans son camp avec allégresse.

— D'accord, je la prends !

Marc en éprouva aussitôt un regain de confiance en lui-même. En l'avenir également.

Si elle avait cédé, pensa-t-il, c'était le signe qu'elle n'était pas mécontente qu'il s'implique un peu plus dans ses affaires. Marc lui aurait fortement déconseillé, par exemple, d'abandonner son bureau à Armelle. Ce genre d'initiatives qu'elle multipliait à longueur d'année et qui lui étaient dictées par son désir évident d'être aimée, reconnue, et de façon plus enfouie par un vigoureux complexe de supériorité qui la poussait à ignorer la mesquinerie, se retournait contre elle inévitablement. C'était même peut-être par là qu'il fallait chercher l'origine de sa maladie. Lui croyait aux vertus thérapeutiques du refus, de la violence, voire du meurtre prémédité, et si elle voulait bien il allait l'en convaincre. Et la guérir, pourquoi pas ?

Entre-temps, Claire avait aidé Anna à enfiler un ensemble kaki – cet été-là, tous les petits avaient adhéré à la mode guérillero – tandis qu'elle-même avait passé une robe de coton d'un mauve très pâle qui épousait assez subtilement le bleu légèrement lilas de ses yeux.

— Je suis jolie, papa ?

— Ravissante, tu sais bien.

— Et moi ?

— Toi, tu as trop de charme, Anna, les gens vont se retourner sur ton passage et s'écraser comme des mouches sur les lampadaires. Tu devrais faire attention.

Puis Colline s'y mit, et bientôt elles furent toutes les trois autour d'Hélène à empiler ici les vêtements qu'elles prenaient, là ceux dont elles ne voulaient pas. Hélène avait une grande maîtrise de ces situations, ne se laissant déborder ni par les sautillements effrénés de Colline, ni par les bouffées de fureur d'Anna – « Bien sûr, bien sûr, madame s'occupe de cette petite peste et moi je compte pas. Eh ben, si c'est comme ça je prends rien du tout, voilà ! Et après tu vas dire que c'est ça la justice, peut-être... » –, ni enfin par la subite mélancolie de Claire.

Il n'était pas loin de midi lorsqu'ils sortirent de la dernière boutique. La rue commerçante d'Étretat s'était remplie de touristes en chemisette un peu éberlués, comme eux, de se retrouver là comme aux premiers jours de juillet. Au bazar de la plage qui avait réinvesti le trottoir avec ses étalages de chaussures en plastique, ses boules de pétanque, ses épuisettes, ses râteaux et ses pelles, Colline choisit des flotteurs roses, plutôt qu'une bouée, et une pelle assortie – la mer serait basse dans l'après-midi, découvrant de larges étendues de sable et de vase. Il leur restait à déposer leurs achats à l'hôtel, ce que fit Marc pendant qu'elles s'occupaient du pique-nique.

La mer se retirait vite, ils s'installèrent à la lisière des galets et du sable, loin de l'agitation du village. Hélène étala quelques serviettes censées figurer la nappe, sur lesquelles elle déballa le pain, les tomates, le jambon, le fromage, etc., et bien sûr Colline traversa cet espace réservé et se fit engueuler. Hélène avait une religion du pique-nique dont Marc ne parvenait pas à comprendre l'origine : alors qu'à Paris les règles autour de la table étaient assez floues, le repas en plein air devait manifestement revêtir dans son esprit une certaine étiquette. Qui avait bien pu lui inculquer cette bizarrerie ? Certainement pas sa mère, avec laquelle elle n'avait jamais pique-niqué. Et, cependant, on sentait qu'il se jouait là quelque chose qui ressemblait à sa réputation de mère de famille, une affaire d'image sur laquelle elle ne pouvait transiger sous peine de perdre une partie de son identité. Elle s'asseyait donc comme une véritable tante Yvonne parmi les victuailles, ce qu'elle fit ce jour-là, puis elle dépliait une serviette sur ses genoux et se mettait à admonester chacun, en commençant par le plus jeune, pour savoir ce qu'il voulait précisément dans son sandwich. Il fallait aller vite, ne pas tergiverser cent sept ans sur des questions telles que beurre ou pas beurre, cornichons ou pas cornichons, et surtout ne pas soupirer à la fin sur la forme ou la taille du sandwich.

— Maintenant tu t'assois et tu manges, Colline. Et tu ne mets pas les pieds sur la nappe, s'il te plaît.

Marc lui-même devait attendre son tour. Hélène considérait visiblement qu'il lui revenait de préparer le repas de son mari alors qu'à Paris elle ne se serait sûrement pas dérangée pour lui faire réchauffer sa soupe.

Puis subitement, après ce bref moment électrique, tout redevenait comme d'habitude. Anna dit qu'elle en avait marre de ce gros machin dégoûtant, qu'en plus elle avait pas demandé de beurre, et Hélène lui rétorqua que la prochaine fois elle se le ferait elle-même, son sandwich. Colline se leva pour aller faire caca ; Hélène estima qu'elle avait bien raison, qu'il fallait en profiter tant que la plage était déserte, et elle se leva à son tour pour aller faire pipi. Claire hurla en apercevant ses fesses. Anna dit : « Elle est complètement folle, maman, ça se fait pas de se déculotter devant tout le monde. » Et le repas se termina comme un vrai pique-nique : les parents tout seuls devant des épluchures et des papiers gras et les enfants très loin, dans les scintillements du soleil de midi sur le sable mouillé, en train de croquer vaguement leur pomme tout en ramassant des coquillages.

Elles réapparurent un peu plus tard pour enfiler leurs nouveaux maillots, et c'est à ce moment que Claire eut l'idée de construire une piscine en récupérant l'eau de plusieurs mares alentour. Soudain, la pelle rose de Colline prit une valeur inimaginable une heure plus tôt.

— On en a vraiment besoin, dit Claire, sinon, on n'aura pas de piscine.

— Oui, ben tu peux la prendre un peu, consentit Colline, qui cherchait par quel bout entrer dans son maillot.

Quand elle y parvint, elle se contempla tant bien que mal, s'absorba un instant dans ses pensées en se grattant les fesses, puis sauta, et finalement courut vers les grandes. Là, elle se tint un instant interdite, le ventre en avant, les mains sur les hanches, manifestement dans l'expectative.

— Bon, maintenant vous me la rendez, dit-elle, c'est même pas une piscine d'abord.

— C'est un canal, tu vois bien, pour conduire l'eau là-bas...

— Les canals c'est pas amusant.

— Colline ! On a besoin de ta pelle, d'accord ? cria Claire, subitement exaspérée. Alors tu nous la prêtes et tu te tais.

— T'as qu'à jouer à autre chose, ajouta Anna, si t'es même pas capable de nous aider.

Colline ne dut pas en croire ses oreilles car elle attendit un bon moment avant de hurler à la mort. Elle avait une façon bien à elle de pleurer, accompagnant ses larmes de longs mugissements qui évoquaient irrésistiblement le petit veau en pleine détresse. On était tenté de s'apitoyer, mais parfois l'envie de rire l'emportait.

Hélène somnolait à plat ventre, Marc y alla donc.

— C'est tout de même sa pelle, observa-t-il en enlaçant Colline.

— Elle pleure uniquement pour te faire venir, dit Claire, et toi, bien sûr, tu marches.

— Quand David t'emmerdait, je te défendais, c'est normal.

— Oui, ben nous on n'a pas de pelle, tu crois que c'est marrant ? s'étrangla Anna.

— Eh bien, allez vous en acheter, vous n'en vouliez pas tout à l'heure.

— Ouais ! cria Anna.

— Tiens, ta sale pelle, fit Claire en la lançant en direction de Colline, tu peux la garder.

Elles revinrent un quart d'heure plus tard dans d'autres dispositions : la piscine avait dû prendre dans leur esprit une telle dimension qu'elles avaient désormais besoin de Colline pour légitimer l'entreprise.

— Tu veux bien mettre tes flotteurs, ma Colline ? s'enquit Anna.

— Pourquoi, on va se baigner là ?

— Tu vas nager dans notre piscine, dit Claire. On la construit uniquement pour toi, tu comprends ? Parce que dans la mer c'est dangereux.

— Dans la mer tu risques de te noyer, confirma gentiment Anna en la prenant par les épaules, c'est très, très dangereux, la mer, tandis que dans notre piscine on pourra te surveiller.

— Ouais ! fit Colline en sautant.

Comme ses sœurs se remettaient à creuser, elle pressa Marc de lui enfiler ses flotteurs puis, harnachée, se mit à courir autour du chantier.

— Tu peux aller t'asseoir en attendant l'eau, dit Claire.

— Y a une énorme vague qui va arriver et d'un seul coup tu vas te mettre à flotter, lui prédit Anna.

Elle haletait à un bout du canal tandis que Claire creusait à l'autre bout. Impressionnée, ou feignant de l'être, Colline alla s'asseoir au milieu de la mare principale appelée à grossir mais dont la profondeur n'excédait pas pour le moment une vingtaine de centimètres.

Quand l'eau s'y jeta avec quelques tourbillons, Colline claironna, mais il apparut assez vite que même en s'allongeant elle ne flotterait pas.

— On n'y arrivera jamais, dit Claire.

— C'est la faute de Colline, aussi, elle est beaucoup trop grosse, même maman elle le dit…

— Vous voulez que je vous aide ? leur cria Marc.

Hélène dormait, il commençait à s'ennuyer.

— Ouais, papa !

— Je vais creuser la mare principale, proposa-t-il, pendant que vous faites venir de l'eau. On va au moins essayer de la faire flotter, cette Colline, d'accord ?

L'objectif était ambitieux. Avec une véritable pelle, Marc y serait peut-être arrivé, mais avec la petite de Colline il n'était pas de taille. Après trois quarts d'heure d'effort il se mit brusquement à balancer des pelletées d'eau sur les deux grandes et elles se retrouvèrent bientôt à trois contre lui.

En revenant du bain, excités et grelottants, ils découvrirent Hélène réveillée. Elle était assise en tailleur et leur souriait, mais comme on sourit d'un lit d'hôpital à un groupe de visiteurs. D'ailleurs, ses yeux ne souriaient pas, elle était ailleurs.

— J'ai fait un cauchemar, dit-elle à Marc, puis elle se tut en attendant que les filles prennent leur goûter et s'éloignent.

Alors elle lui raconta qu'ils visitaient ensemble une exposition, ou quelque chose de similaire, elle à son bras, et qu'à sa vue la foule était saisie d'effroi.

— J'étais comme ces Palestiniens kamikazes bardés de bombes, je leur faisais peur, tu comprends ? Une peur irrépressible. Ils criaient, ils se bousculaient pour fuir, et on ne restait plus que tous les deux dans ces grandes pièces vides.

On marchait et nos pas résonnaient. J'étais calme, je profitais de nos dernières minutes, je savais qu'ils m'attendaient tous dehors pour… je ne sais pas… m'arrêter sans doute. C'était bien que tu sois là.

Marc se souvint de ce qu'elle lui avait relaté quelques jours plus tôt de son déjeuner avec Laurent Schult. Elle l'avait connu à l'université, il était l'un des rares amis qu'elle avait conservés de ce temps-là. Schult habitait Besançon, il écrivait du théâtre et était devenu le *M. Culture* de la mairie. L'année précédente, Hélène avait essayé à plusieurs reprises de lui parler de sa maladie mais il avait éludé. Elle avait pensé que c'était à cause du téléphone qui ne se prête pas aux émotions fortes. À ce déjeuner, il avait longuement évoqué sa situation, comme d'habitude, puis, quand ç'avait été au tour d'Hélène, elle avait dit : « Moi, ça va très bien, à part ma santé, en fait. — Mais qu'est-ce que tu as ? » En le regardant dans les yeux, cette fois, elle lui avait confié ce qu'elle avait. « Ah oui, oui », avait-il soupiré, comme pour lui signifier qu'il se rappelait en effet avoir déjà entendu cela quelque part. Il avait marqué un instant d'embarras, puis elle l'avait relancé sur Besançon et il avait aussitôt repris son récit. « Comme un scarabée que tu remets sur ses pattes », avait-elle dit à Marc en mimant le geste de saisir l'insecte et de le retourner. « On peut vivre sans le petit Schult », avait tranché Marc. Hélène s'était replongée dans son *Elle* sans plus de commentaires.

Il parut à Marc que son cauchemar était directement inspiré par la réaction de cet imbécile, et de quelques autres qui avaient subitement cessé d'appeler Hélène, mais elle le savait mieux que lui, naturellement, et il se dispensa d'en faire la remarque.

— Je boirais bien un café, dit-il, pas toi ?

— Oh, si !

Elle se rhabilla. Ils crièrent aux filles de surveiller les affaires, qu'ils revenaient dans un quart d'heure.

— Tu aurais dû voir Colline dans la mare, tout à l'heure, fit-il en rigolant, elle était trop mignonne.

Hélène acquiesça, mais silencieusement. Elle peinait à remonter les galets.

Une fois assise devant son café, elle alluma une cigarette et prit la main de Marc.

— Tu voudras bien mettre ta robe grise, ce soir ? La première, tu sais, en soie…

Elle se tourna pour lui sourire, de loin.

— Oui ? insista-t-il.

— On verra.

À ce moment-là son téléphone sonna, et ce fut exactement comme si quelqu'un, à l'autre bout, venait de rétablir le courant. Marc vit son visage se durcir sous l'effet de la tension soudaine, puis le corps à son tour fut électrisé, elle se redressa, tendit le cou, sourit, chaleureusement cette fois. C'était Ozanam. « Vous avez bien fait, Pierre, j'ai dit et répété à Colette… Mais non, pourquoi ?… Ça va très bien… Oui, il est assis à côté de moi… Évidemment j'y serai, ne changez rien, surtout… Et dites à Colette qu'elle arrête de se faire du souci, d'accord ?… Oui, oui, trois ou quatre formules, j'ai l'habitude… »

— J'ai une réunion au ministère demain matin à neuf heures et demie, dit-elle en rangeant son portable. Colette est invitée au treize heures de France 2.

Au début de leur vie commune il aurait peut-être protesté, rappelé stupidement qu'ils étaient partis pour le week-end, tout de même, mais au fil des années il s'était surpris à épouser sans déplaisir les sinuosités d'Hélène. C'était venu petit à petit, à mesure qu'il la découvrait, qu'il devenait capable d'identifier les périls qu'elle passait un temps fou à déjouer. Il y avait le dimanche après-midi, de treize heures trente à quinze heures trente pour être précis, laps de temps durant lequel elle n'aimait plus personne et pouvait avoir envie de mourir si rien ne venait la distraire. Il y avait les vacances en Provence qu'elle prenait par périodes de huit à dix jours maximum parce que, au-delà, ça tournait dans son esprit à la longue peine. Paris lui manquait, ses amis. Il y avait ses colères soudaines contre ses filles qui la précipitaient dans un désarroi sans nom car elle croyait chaque fois entendre sa mère, inflexible femme qui certains jours jetait sa marmaille dehors pour profiter seule du silence de la maison. « Le pire, disait-elle à Marc, c'est quand tu ne me soutiens pas, quand je te sens solidaire des filles contre moi. »

Le cauchemar, et la perspective du long dimanche à Étretat l'avaient vidée de ses forces. Pendant qu'elle dormait, et que lui jouait avec les filles, elle avait très bien pu, de surcroît, s'assimiler à sa mère. Dans ce monde terrifiant, Hélène ne dormait jamais que d'une oreille. Par bonheur, il y avait eu ce coup de fil. Ozanam l'adorait, et derrière Ozanam on pressentait la présence maternante et amoureuse de Colette.

— C'est parfait comme heure, dit Marc. On prend le petit déj' à sept heures et on te dépose au ministère deux heures plus tard.

Elle se radossa avec soulagement, décrocha ses lunettes du sommet de son crâne pour les remettre sur son nez et inspira un grand coup en portant le regard au loin.

— La mer, c'est bien, dit-elle en soufflant, mais une journée, ça va, tu ne trouves pas ?

— Si.

— Tu le penses sincèrement ou c'est pour me faire plaisir ?

— Le bruit de la mer m'a toujours agacé, je me souviens de te l'avoir déjà dit, il me dérange pour écrire, et même pour réfléchir.

— Tu vas bientôt te remettre à écrire ?

— Bientôt, oui. Sur toi, sur nous, quoi.

— Vraiment ?

Elle avait relevé ses lunettes.

— Je voudrais faire mentir l'histoire du cordonnier, tu sais, m'occuper de nous, pour une fois, au lieu d'emmerder les autres.

— Chaque fois que tu as fait ça, que tu as mis des gens qu'on connaissait dans tes livres, tu t'es brouillé avec eux. J'ai souvent pensé que tu le faisais exprès, pour rompre, parce que tu n'avais plus envie de les voir ou qu'ils avaient cessé de t'intéresser.

— J'ai encore envie de te voir et tu continues à m'intéresser.

— Bon, alors ce soir je mettrai ma nouvelle robe, dit-elle avec son rire de voleuse, et puis aussitôt elle se reprit et lui caressa la joue comme une épouse émue et bien élevée.

Ils commandèrent deux autres cafés. Elle se remit à scruter l'horizon derrière ses lunettes noires, à des kilomètres de lui. Une nouvelle fois, l'idée qu'elle avait une autre vie lui traversa l'esprit. Comment disait-elle ? « Tu me donnes la force de m'aimer comme je suis. » Une autre vie, oui, quelque chose de sûrement moins angélique que le tourbillon familial. S'il y avait un mot qui ne convenait pas à Hélène, mais alors pas du tout, c'était celui de transparence. Hélène était opaque, secrète, inlassablement fascinée par les méandres de son âme. Sa noirceur, prétendait-elle. Elle avait cessé depuis longtemps d'essayer d'effrayer Marc avec cette histoire – depuis la conception d'Anna, en fait –, mais elle ne parvenait pas à dissimuler combien l'ingénuité de son mari la surprenait, parfois, ce qui revenait à lui rappeler sa propre complexité.

L'ombre quasi palpable de cette autre vie précipitait Marc dans de véritables transes émotionnelles. Songer qu'elle partait, mais qu'invariablement elle revenait, parce qu'elle en avait envie, parce qu'elle le voulait. « J'étais pressée de rentrer, ce soir on se couchera tôt et tu me prendras dans tes bras, tu veux bien ? » Cette question ! Il voulait bien, oui. Elle riait. Hélène n'avait rien cédé en dix ans : elle lui était aussi étrangère aujourd'hui, à quelques détails près, que la jeune femme aux talons roses qui l'avait choisi, lui, plutôt qu'un autre, plutôt que Humphrey, par exemple, pour devenir le père de ses filles. Aussi étrangère, ce qui donnait à sa présence, à ses désirs, à ses fantaisies, un prix qu'il mesurait en se figurant qu'un soir elle ne rentrerait pas. Elle appellerait seulement, un peu avant le dîner, pour dire que c'était fini, voilà, et proposer une formule pour se partager les filles. Une semaine-une semaine, qu'est-ce que tu en penses ? Une semaine-une semaine, répéterait-il, oui, c'est sans doute la meilleure solution, je n'en vois pas d'autre en tout cas. Au revoir, alors, prends soin de toi, mon chéri. Non, elle ne dirait pas *mon chéri*. Elle utilisait au premier degré ce mot que les générations précédentes avaient honteusement galvaudé.

Où étaient passées les filles ? Avec le déclin du soleil les gens remontaient. Leurs affaires étaient à l'abandon, on aurait pu les voler sans difficulté. Ils les découvrirent toutes les trois loin sur la gauche, au pied des falaises, accroupies dans les algues. Elles les avaient entendus appeler, naturellement, mais aucune n'avait pris la peine de répondre et elles ne levèrent pas les yeux à leur arrivée. Elles avaient jeté les cornichons Dieu sait où et transformé le récipient en bocal à crevettes. Elles attendaient manifestement qu'Hélène et Marc s'extasient selon un scénario classique – en Provence, c'étaient les petits gendarmes qu'elles élevaient dans des pots de confiture – avant d'éclater en manifestations diverses. C'est ce qui se passa, Hélène fut extrêmement démonstrative, prétendant même, elle qui n'y connaissait rien, qu'elles avaient pêché plusieurs futures mamans et qu'on pouvait donc s'attendre à une multiplication des naissances dans les prochains jours.

Anna l'avait bien dit, et le répéta donc, que les grosses étaient des mamans.

— Oui, ben ça va, explosa Claire, on a compris ! N'empêche que c'est moi qui les ai toutes attrapées, alors ferme-la.

— Même on va les ramener à Paris, dit à tout hasard Colline.

— Si c'est pour qu'elles souffrent je suis pas d'accord.

À l'évidence, Claire était énervée de se faire déposséder alors que l'idée de la pêche venait certainement d'elle.

— Pourquoi elles souffriraient ? demanda Marc.

— Ben, tu vois, c'est des bêtes sauvages quand même, elles n'ont peut-être pas envie de se retrouver dans le XXe arrondissement.

— On peut leur proposer le XIXe, chez ta maman.

— T'es vraiment crétin, papa.

— En plus, le problème, c'est qu'à Paris l'eau elle est pas salée, dit Anna.

— On n'a qu'à en rapporter, j'ai un gros jerricane dans la voiture.

Récupérer trente litres d'eau de mer, du sable et quelques algues vivantes pour les dix-sept captives, puis remonter le tout jusqu'à la voiture, leur prit plus de deux heures. Le soir tombait à la fin de l'opération, et c'est en maillot de bain, les jambes incrustées de sable, que les filles regagnèrent l'hôtel. Le projet d'élever des crevettes dans le XXe arrondissement les avait finalement conquises, et réconciliées. Pour l'aquarium, il y en avait un au grenier qui avait appartenu à Claire quand elle était petite, Marc les avait rassurées à ce sujet. Ce qui les préoccupait, maintenant, c'était de découvrir une particularité à chaque crevette qui permettrait de les distinguer les unes des autres et par là de les baptiser, comme elles le faisaient en Provence avec les gendarmes. Chacune avait les siens, et quand les mariages intervenaient – le gendarme garçon emportant sur son dos sa promise – des discussions s'engageaient pour savoir à qui appartiendraient les bébés bien qu'elles n'aient jamais repéré aucun nouveau-né dans les élevages.

Elles se douchèrent, s'habillèrent, Hélène enfila sa nouvelle robe, mais, quand la question se posa de savoir où dîner, elles choisirent sans hésiter l'hôtel.

— Pourquoi pas dans les chambres, tant que vous y êtes ? protesta Marc.

— On peut, dans les chambres ? s'étonna Claire.

Anna ne paraissait pas croire non plus qu'une telle félicité fût sérieusement possible.

— Pourquoi ne pas dîner là si ça leur fait plaisir ? suggéra Hélène.

Marc semblait être le seul à vouloir sortir. On leur monta des plateaux. Les filles passèrent l'essentiel du repas à recenser des prénoms qui fassent poisson – « Ouais, parce que Mimine, par exemple, ça peut pas aller pour une crevette », observa judicieusement Colline, guettant l'approbation de Claire. Hélène souriait de temps en temps, elle n'était pas complètement là, peut-être déjà à sa réunion du lendemain.

6

Les deux ou trois jours étaient écoulés et la guerre n'avait toujours pas éclaté. L'expert interrogé par la radio – le même ? un autre ? comment savoir ? – assurait cette fois que c'était pour mercredi, jeudi au plus tard. « Qu'est-ce qui vous permet d'être si catégorique ? » s'enquit l'intervieweur. On sentait de part et d'autre une grande excitation. Marc tendit l'oreille, mais le téléphone sonna à ce moment-là et il n'en apprit pas plus. C'était Hélène. Elle allait accompagner Colette à la télévision, déjeunerait avec elle, et ne savait pas précisément à quelle heure elle rentrerait.

— Ça va, les filles ne t'embêtent pas trop ?

— J'allais tondre le gazon…

Il coupa la radio et retourna s'asseoir sur le perron. En cette saison, à la mi-journée, aucun des immeubles alentour ne faisait écran au soleil qui chauffait généreusement la façade et une bonne partie du jardin. Plus tard, en basculant vers l'ouest, le soleil délaissait la maison mais il revenait subrepticement en milieu d'après-midi incendier de quelques rayons obliques l'appentis du fond. C'est là-bas qu'étaient entreposés le bois pour l'hiver, la tondeuse, les outils, et les filles s'y étaient enfermées aussitôt rentrées d'Étretat. Marc les entendait scier et taper, sur des clous vraisemblablement. De temps en temps, Colline jaillissait de l'appentis, elle remontait le jardin aussi vite qu'elle le pouvait, grimpait dans les chambres et redescendait avec un truc dont les grandes avaient besoin. Marc pouvait bien l'encourager, lui demander si ça allait, elle ne lui prêtait pas plus d'attention qu'à une pierre.

Il venait de la voir passer et il riait encore tout bas quand, levant le regard, il croisa le sourire d'une femme et se figea. Ça n'était pas inhabituel de tomber sur des curieux accoudés à telle ou telle fenêtre qui donnait sur la maison, mais cette femme l'observait de l'appartement d'Hélène, de l'appartement où durant quelques jours, quelques semaines peut-être, Hélène l'avait épié dix ans plus tôt. Elle ne se détourna pas quand il la découvrit, au contraire, sans se démonter elle agita joyeusement les coudes pour faire comprendre qu'elle avait vu Colline traverser le jardin, et son sourire s'élargit. Aussitôt Marc y répondit, plus chaleureusement certainement que si le clin d'œil était venu d'ailleurs. Quelle coïncidence ! Au moment où il s'apprêtait à écrire sur Hélène surgissait un visage à cette fenêtre. Il ne se souvenait pas d'y avoir aperçu qui que ce fût ces dernières années.

Quelques secondes encore ils partagèrent une connivence muette puis, saisi par une inspiration soudaine, Marc s'empara de sa tasse à café vide et la brandit en direction de la curieuse comme une invite à le rejoindre. « Moi ? » fit-elle, simulant la surprise, et sans attendre elle indiqua qu'elle descendait.

Marc eut le temps de regretter son audace, puis de s'en féliciter. Non, c'est bien, songea-t-il, sinon, j'aurais passé des jours et des jours à me demander comment l'aborder. Cette femme, c'était un signe. De quoi ? Il aurait été incapable de le dire.

Elle lui apparut un peu ronde, joviale, la trentaine, de ces personnes qui le séduisaient généralement par leur facilité à se lier mais qui pouvaient ensuite l'agacer – de cela aussi il eut l'intuition.

— C'est une très bonne idée, cette invitation, dit-elle en lui tendant la main. J'enviais votre jardin de là-haut, mais peut-être plus encore votre petite fille.

— Colline.

— Celle-là, un jour, on vous la volera, vous savez !

— Vous n'avez pas d'enfant ?

— Non, et ça n'en prend pas le chemin.

Marc ne releva pas.

— Venez, dit-il, je vais vous présenter mes filles.

Ils les dérangeaient et elles dirent à peine bonjour, Anna se tenant ostensiblement dressée devant ce qu'elles étaient en train de construire pour qu'ils ne puissent rien voir.

— Comment vous appelez-vous ? s'enquit Marc.

— Frédérique.

— Bon, eh bien, Frédérique est une nouvelle voisine, voilà. Claire, tu fais gaffe quand même qu'elles ne se tranchent pas un doigt.

— Je ne suis pas complètement crétine, papa.

— D'accord, d'accord, on vous laisse.

— Et vous, c'est comment ? demanda Frédérique comme ils arrivaient au perron.

— Marc. Entrez visiter si ça vous amuse, je vais préparer le café.

Il l'entendit s'extasier, lui dit d'aller voir aussi dans les étages.

Quand ils se retrouvèrent adossés aux pierres chaudes de la maison, leurs tasses de café sous le nez, il dit :

— On ne se connaît pas mais je vais vous avouer quelque chose d'assez intime : quand j'ai connu ma femme, elle habitait votre appartement.

— Oh ! c'est trop, ça !...

Ça y était, elle commençait déjà à l'énerver. Il ne savait pas pourquoi il lui confiait ce secret, mais si elle s'était tue, si elle avait partagé sa perplexité, il aurait peut-être trouvé.

— Attendez, reprit-il, je n'ai pas tout à fait fini. Elle s'accoudait comme vous à la fenêtre et elle me regardait aller et venir. Vous comprenez ?

Cette fois elle acquiesça du menton, rien de plus.

— Elle me regardait aller et venir, répéta Marc, rasséréné, mais moi pas une seule fois je ne l'ai surprise. Je ne sais pas pourquoi je vous raconte ça... Si, parce que c'est un épisode qui demeure mystérieux dans mon esprit : je crois qu'elle s'est mise à m'aimer simplement en m'observant de votre fenêtre, et je ne m'explique pas pourquoi. Je ne m'explique pas ce qui a pu la toucher à ce point dans ma silhouette. Elle vivait avec un homme magnifique, vous savez, Humphrey Bogart, et elle l'a quitté pour moi. Vous quitteriez Humphrey Bogart pour un type comme moi ?

Elle rit, mais chaleureusement, sans aucune gêne, comme si c'était un jeu, et un instant Marc eut le sentiment qu'ils étaient complices.

— Cette histoire me trouble beaucoup depuis quelques jours, reprit-il. J'y pense sans arrêt et j'y pensais au moment où je vous ai aperçue. Ma femme a aimé une chose qui émanait de moi bien avant de m'adresser la parole, et j'ignore absolument quelle est cette chose.

— Elle ne vous l'a jamais dit ?

— Elle me l'a peut-être écrit, si, mais dans un cahier que je n'ai pas lu et que je ne retrouve plus.

— Ah.

— Moi aussi je l'ai aimée au premier regard. Mais moi je sais ce qui m'a bouleversé en elle, tandis que je ne comprends pas ce qui a pu la toucher en moi.

— Et pourquoi voulez-vous le savoir ?

Décidément, elle était moins prévisible qu'il ne l'avait cru. Il faillit lui répondre qu'il ne pourrait rien entreprendre tant qu'il ne le saurait pas. Mais entreprendre quoi ? dirait-elle.

Ils se dévisagèrent – elle souriait malicieusement, lui non.

— Encore une tasse de café ?

— Merci. C'est délicieux, ce soleil, non ?

Ils se turent. Marc s'aperçut qu'elle avait fermé les yeux pour exposer son visage. Elle avait les traits lisses et pleins, le nez légèrement retroussé. Il vit Colline s'élancer vers la maison, s'immobiliser, puis rebrousser chemin. « Y a encore la dame », entendit-il, et un instant plus tard Claire et Anna s'encadrèrent furtivement dans la porte de l'appentis.

— Je crois que mes filles ont faim, dit-il, vous déjeunez avec nous ?

— Non, je vais remonter terminer mes rangements.

Il se sentit soulagé qu'elle s'en aille, et en même temps déçu, comme s'il avait attendu de sa venue une révélation quelconque.

— Au fait, l'appartement vous plaît ?

— Disons que pour Paris ça va… J'arrive de Marseille vous savez, enfin, non, vous ne savez pas – elle eut un rictus entendu –, là-bas on avait un truc immense, vraiment formidable…

Elle s'était levée, Marc également. À un autre moment, entendant le « on », il aurait saisi la perche et lui aurait fait raconter cet épisode de sa vie. Là, il se contenta d'un vague mouvement des sourcils.

— À bientôt, et encore merci pour cette récréation, dit-elle.

Il attendit qu'elle ait disparu pour crier :

— On va manger, les filles, ça vous dit, une omelette ?

Le malaise était encore bien présent après le déjeuner. C'était la sensation d'être passé à côté d'une opportunité extraordinaire, d'un véritable miracle quand il y songeait : le rétablissement des relations de voisinage entre sa maison et l'ancien appartement d'Hélène. Si ça n'était pas un signe du destin, c'était un hasard ahurissant. Bon, mais en admettant qu'il ait eu la présence d'esprit de demander à visiter les lieux et, pourquoi pas, à s'y recueillir comme un banal pèlerin, qu'est-ce que ça lui aurait apporté ? De l'air qu'avait respiré Hélène il ne restait sûrement plus rien. Était-il envisageable qu'elle eût laissé une trace ici ou là ? Deux ou trois phrases sur les murs, par exemple, de son écriture impossible ? Elle faisait cela au début, dans les cabinets, en particulier, où elle s'ennuyait, elle écrivait sur la peinture, au-dessus du rouleau de papier hygiénique, telle ou telle citation idiote de Marc qui l'avait précipitée dans le désarroi. Il se souvenait d'une en particulier : « Ne me demande rien, Hélène, tout ce que je pouvais donner, je l'ai déjà donné à Agnès. » Marc l'avait effacée à la naissance d'Anna. Et celle-ci aussi, alors qu'il n'arrivait plus à écrire une ligne et se relevait trois fois par nuit : « Là, je suis au top de la gaieté, tu devrais en profiter. » Mon Dieu, peut-être que sous le papier peint des toilettes de Frédérique reposait l'explication sibylline du premier étonnement d'Hélène en le découvrant dans son jardin, lui, Marc. Y penser lui embrasa le cœur. Sur une seule phrase d'Hélène de cette époque il croyait pouvoir construire tout un livre. Il était alors devant l'évier, rinçant la vaisselle. L'espoir de retrouver Frédérique à sa fenêtre le jeta dans le jardin. Elle n'y était pas. Pouvait-il raisonnablement la héler alors qu'il la connaissait à peine ? « Frédérique ! Oh, Frédérique ! » Elle surgirait, il n'y avait pas vraiment de doute là-dessus, mais comment s'en sortirait-il ensuite ? « Dites-moi une chose, Frédérique, est-ce qu'il y a du papier peint dans vos toilettes ? — Attendez, j'hallucine, là, c'est pour me demander ça que vous ameutez le quartier ? » C'était un coup à ne plus jamais la revoir, à perdre l'occasion unique d'inspecter ses toilettes. Et pourtant c'était bien la seule question à poser, naturellement, car comment imaginer que les différents occupants des lieux aient conservé toutes ces années les graffitis d'Hélène ? Seule l'hypothèse du papier peint permettait d'espérer.

Un moment il resta là, suspendu à l'apparition de Frédérique, puis lentement la lucidité lui revint : voyons, dans quel état se mettait-il pour quelques mots quand des milliers d'autres, indubitables ceux-ci, sommeillaient dans un cahier quelque part sous le ciel de Turin. Pourquoi se dispersait-il ? Ni Humphrey Bogart, ni Frédérique, ni aucune photo, aussi grossie soit-elle, ne lui révélerait jamais un millième de ce que recelait ce cahier. Formuler cette évidence acheva de le réveiller : il n'y avait qu'une piste à suivre et faute de l'avoir suivie il avait tout simplement tourné en rond depuis son déjeuner avec Curtis.

Appeler l'Italie. Oui, maintenant. Quel jour sommes-nous ? Dimanche. Dimanche après-midi. Évidemment que les hôtels sont ouverts, les hôtels, c'est comme la police ou les pompiers, à n'importe quelle heure on peut téléphoner, il y a toujours une voix à l'autre bout. Bon, mais les filles ? Il ne faudrait pas... Elles seraient capables de tout répéter à Hélène, papa, tu sais, il a téléphoné en Italie... Non, il n'y a aucun risque, elles n'ont qu'une envie, c'est que je leur foute la paix, je ne sais pas ce qu'elles fabriquent dans l'appentis mais elles n'ont pas besoin de moi. Une dernière fois il leva le regard en direction des fenêtres vides de Frédérique. C'était entendu, il allait appeler. S'il avait le souffle court, soudain, c'est qu'il mesurait l'enjeu : à trop attendre de ce cahier il risquait, s'il ne le retrouvait pas, de perdre son livre, exactement comme il avait perdu la scène de son retour à Turin, l'autre matin, à cause du nom de cette gare qu'il avait vainement cherché dans le guide touristique.

— L'hôtel San Carlo à Turin, demanda-t-il à l'opératrice.

— Place San Carlo ?

— C'est ça, madame.

— Je vous mets en relation ?

— Non, donnez-moi seulement le numéro.

Il nota, puis il se leva et fit quelques pas dans la pièce. Il eut un léger tournis quand il formula tout bas cette phrase incroyable : « Mais parfaitement, monsieur, votre cahier est au coffre, nous attendions votre appel. Si vous voulez bien nous communiquer une adresse... — Ah non, non, ne le confiez surtout pas à la poste, vous n'imaginez pas... Non, ne bougez pas, ne faites rien, je prends la route immédiatement, je serai chez vous demain matin à la première heure. » Ce fut si réel, brusquement, ce départ, qu'il eut la vision de ses pneus lisses à l'arrière et se reprocha de ne pas les avoir changés. Puis il s'ébroua.

— Bon, merde, j'appelle.

C'était une voix de femme. Élégante et pressée, lui sembla-t-il. Elle parlait français, oui. Un cahier ? Quelle sorte de cahier ? À sa connaissance, non, ni ce matin ni la veille n'avait été trouvé quoi que ce soit.

— *Un attimo, per favore*, je me renseigne. Quelle chambre occupiez-vous ? Quel numéro ?

— Non, pardonnez-moi, madame, mais vous ne comprenez pas, ça ne date pas de la nuit dernière, j'ai oublié ce cahier il y a plusieurs années.

— Pardon ?

— Dix ans, fit Marc, très précisément dix ans, c'était également en septembre.

— Si c'est une plaisanterie…

— Je vous assure que non, je ne peux pas tout vous raconter, ça serait trop long, mais je viens seulement d'apprendre que ce cahier que je cherche depuis si longtemps a été oublié chez vous. Je viens seulement de l'apprendre…

Elle n'était plus là. Avait-elle coupé ? Il hésitait à raccrocher, les tempes en feu, quand un timbre chaud le tira d'embarras.

— Oui, monsieur, quel est le problème, exactement ?

Cette fois il prit le temps d'expliquer.

— Ah si, si, *capisco*… La question, entendit-il alors, c'est que l'hôtel n'appartient plus à la personne que vous avez rencontrée il y a… *dieci*, dix années, c'est cela n'est-ce pas ? Dix années. Entre-temps l'immeuble a été racheté par notre compagnie et nous avons fait beaucoup de travaux.

— Ah...

— Je regrette, monsieur.

— Merci, dit Marc.

Il perçut le déclic et, à son tour, raccrocha. Des images dévastatrices de pelles mécaniques, de pans de murs éboulés, d'armoires précipitées dans les décombres lui traversèrent l'esprit. Son cahier avait dû séjourner un temps sous les gravats, écrasé, martyrisé, puis être emporté par un de ces camions benne énormes vers une décharge. Marc croyait savoir que les gravats étaient utilisés ensuite pour remblayer les routes. À l'heure actuelle, les premières lettres d'amour d'Hélène, les mystérieuses lettres d'amour d'Hélène, devaient être fossilisées sous vingt centimètres de bitume quelque part dans les environs de Turin.

Il se releva, souffla. Durant plusieurs minutes il n'y eut plus aucun livre possible à ses yeux. Je suis comme un amnésique à qui l'on demanderait d'écrire ses Mémoires, songea-t-il, je ne peux pas, je n'ai pas une clé, je ne sais rien. Rien. Il fut tenté d'appeler Curtis immédiatement pour l'associer à l'immense détresse qui le gagnait, avant de se rappeler qu'il lui avait « vendu » son livre – et avec quel enthousiasme ! – sans évoquer l'existence du cahier pour la bonne raison qu'il l'avait oubliée. Curtis l'écouterait, puis il dirait : « Je ne vois pas en quoi l'absence de ce texte condamne votre projet. Au contraire, elle le dramatise. Mais voyons-nous, vous êtes libre demain pour déjeuner ? » Non, ni demain ni plus tard, il ne céderait pas, désormais, le désir d'écrire ce livre était intimement lié au désir de lire le manuscrit d'Hélène.

Il chercha une branche à laquelle se raccrocher et la découvrit dans les mots de l'hôtelier. Qu'avait-il dit exactement ? « L'hôtel n'appartient plus à la personne que vous avez rencontrée. » Oui, il avait dit *la personne*. Était-ce une façon de parler ou le San Carlo appartenait-il autrefois à un propriétaire privé ? Il lui parut que si seulement il pouvait retrouver ce propriétaire, il aurait fait un pas dans la bonne direction.

Il rappela l'hôtel, tomba de nouveau sur la femme pressée et parvint à la convaincre de lui repasser son dernier interlocuteur. Pouvait-il abuser et demander le nom et l'adresse du précédent propriétaire ? Un premier employé fut sollicité, puis un second.

— À ce moment ça n'est pas possible, lui fut-il répondu dans un français chaotique, mais si vous voulez nous laisser un numéro de téléphone quelqu'un vous rappellera.

Bon, quelle heure était-il ? Bientôt quatre heures. Un peu tôt pour le goûter. Il retourna vers le jardin, fut encore une fois tenté de tondre mais songea qu'il n'allait pas entendre la sonnerie du téléphone et y renonça. Le soleil ne chauffait plus la façade et Marc descendit jusqu'au milieu de la pelouse, ne sachant trop s'il allait s'y asseoir ou rentrer. En levant les yeux, il constata que Frédérique avait fermé ses fenêtres. Les filles étaient toujours dans l'appentis.

— Le problème, entendit-il, c'est que les crevettes elles vont aller dans n'importe quelle maison...

C'était la petite voix sifflée et courroucée d'Anna.

— Oui, parce qu'elles savent pas qui c'est leur maman, confirma Colline.

— Ça, bien sûr, trancha Claire, mais on s'en fiche puisque nous on les reconnaît.

— Ouais, reprit Colline, si les tiennes elles viennent dans ma maison, eh ben, c'est comme si c'étaient des copines, on saurait bien qu'elles habitent pas là, en vrai.

Alors la sonnerie du téléphone retentit et Marc remonta en courant jusqu'au salon. Mais ça n'était pas le San Carlo, c'était Violette. Elle rentrait d'un pique-nique en forêt avec ses filles et elle n'avait plus d'eau chaude. Après le toit, c'était la chaudière qui venait à son tour de jeter l'éponge, et pas mal d'eau sur le plancher, apparemment. Par bonheur, Violette avait trouvé comment la couper.

— Merde ! compatit Marc. Je vous fais couler un bain et je prépare du thé.

En réalité, l'arrivée de Violette et de ses filles illuminait son horizon immédiat.

— Claire, cria-t-il, Violette vient goûter avec Ingrid et Justine, je cours chercher des brioches.

C'était inutile, Violette débarqua avec deux cartons de gâteaux et cet air frigorifié qui ravissait Marc. Le thé était prêt et le cumulus de la salle de bains tenait à volonté ses cent cinquante litres de bonne eau chaude, largement de quoi les réchauffer toutes les trois. Il se demanda encore une fois comment Charly pouvait dormir tranquillement à San Francisco en sachant que chaque jour une nouvelle tuile s'abattait sur la tête de Violette. À la place de Charly, lui serait rentré en France par le premier avion. Elle raconta à Marc qu'elles s'étaient baignées dans l'étang d'un petit bois charmant, tu vois, près de Senlis, mais que le propriétaire, une espèce de chasseur complètement hystérique, les avait menacées de son fusil avant de balancer leurs habits dans l'eau à grands coups de botte. Violette avait enveloppé ses filles dans un vieux plaid qui traînait dans sa voiture, mais pour ce qui la concernait elle avait dû renfiler ses vêtements trempés. Marc la regardait boire son thé à petites gorgées brûlantes, les épaules rentrées, son visage d'enfant fatigué, et il était en train de comprendre comment Hélène avait pu tomber petit à petit sous le charme de Violette. Elle n'était pas apeurée du tout, non – jamais quelqu'un de peureux n'aurait pu séduire Hélène –, simplement, elle continuait de ne pas bien saisir les ressorts profonds du monde : la mesquinerie, la méchanceté, le sens aigu de la propriété... En comparaison, Hélène était une professionnelle du ressort humain, une experte. D'ailleurs, il lui traversa l'esprit que si Violette avait eu la malchance d'être blonde, et riche, Hélène n'aurait fait d'elle qu'une bouchée. Mais elle était brune, également originaire d'une ville de province dont il n'y avait absolument rien à dire, de sorte que son innocence avait certainement ému Hélène. Elle avait dû se comparer secrètement à Violette, et se reprocher une fois de plus la noirceur de son âme. Et puis se mettre à la regarder comme la femme qu'elle aurait aimé être – obstinée, mais sans toutes ces arrière-pensées, tous ces calculs qui lui donnaient une mauvaise image d'elle-même.

Les filles avaient goûté et étaient reparties pour l'appentis avec Ingrid et Justine. Il ne leur avait pas prêté beaucoup d'attention. Quand Violette se leva pour aller prendre son bain, Marc se retrouva seul. Il aurait pu se mettre à nettoyer la table, à laver la vaisselle, mais au lieu de ça il allongea les jambes sur une autre chaise et resta là à ne rien faire. Il n'y avait qu'avec Violette qu'il ressentait cette liberté. Avec Sabine et Alicia, les deux autres amies d'Hélène, il se serait aussitôt activé pour dissiper le stress qu'elles éveillaient en lui. Elles l'intimidaient, il ne parvenait jamais à être naturel en leur présence, comme s'il avait l'intuition que sa nature les enquiquinait. Sabine, surtout. Elle apparaissait et lui se voyait immédiatement comme un type compliqué, taciturne, désespérément dénué d'humour. Pourquoi lui faisait-elle cet effet alors qu'objectivement il était l'homme le plus satisfait qui soit ? En fait, son enthousiasme me laisse sans voix, songea-t-il. C'était ça, oui, Sabine était outrageusement heureuse et il était quasiment impossible de lui donner la réplique, on était alors condamné à acquiescer tristement à ses débordements d'allégresse. Enfin, Marc, parce qu'à sa grande surprise Hélène n'avait eu aucun mal à surenchérir. Elles avaient été enceintes ensemble et s'étaient connues dans les vestiaires de la crèche. La plupart des mères semblaient alors courir le marathon sans escale et sans assistance, mais pas Sabine – Marc pouvait en témoigner pour l'avoir croisée à cette époque. Sabine avait plutôt l'air d'une baby-sitter idéale pour marmaille de bonne famille, subtilement rock and roll, mais sans tomber dans le mauvais goût, alors qu'en réalité elle en était à son troisième enfant (et n'avait pas de baby-sitter). Il était impossible de ne pas la remarquer, non seulement parce qu'elle portait des chaussures de couleurs vives dépareillées – c'est elle qui en avait lancé la mode, une rouge et une jaune, par exemple –, mais surtout parce qu'elle était la seule à ne pas bouder son plaisir. Plaisir d'être mère, plaisir d'être femme, plaisir d'exister tout simplement, on ne savait pas trop, mais ce plaisir-là donnait à toute son allure une grâce particulière. Elle était excentrique et lumineuse, et c'est en la découvrant que Marc avait commencé à s'interroger sur la fatalité glauque qui semblait accabler les autres.

L'extravagance vestimentaire de Sabine ne pouvait qu'attirer Hélène, naturellement. Mais, pour le reste, il fallait voir. Hélène avait une conception du plaisir assez exclusive. Croiser une famille de Saint-Germain-en-Laye à bord d'une Renault Espace vert métallisé, admettons, suffisait à la précipiter dans un découragement profond plein d'abomination. Elle s'en voulait de les détester, de la mère au petit dernier, tous sans exception, avec leurs joues roses et pleines d'enfants gâtés, leurs manteaux de loden, alors qu'ils ne lui avaient fait aucun mal, mais elle les détestait quand même. Le bonheur familial, version comtesse de Ségur, ravivait en elle des tourments de petite fille envieuse et impuissante. Or Sabine avait un imperceptible côté comtesse de Ségur. Les premiers mois, Hélène lui tourna donc autour, mais comme le loup tourne autour de la brebis, aurait dit Marc, et puis la beauté de Sabine, son intelligence aussi déjouèrent ses instincts meurtriers et le rire d'Hélène en l'écoutant changea petit à petit de tonalité. Marc ne savait rien d'une amitié assidue qui transitait par la poste, les cafés et le téléphone portable, mais une ou deux fois par an elles se trahissaient en dansant toute une nuit ensemble, un peu ivres et mêlant leurs cigarettes, et Marc aurait aimé savoir filmer pour conserver ces moments.

Quant à Alicia, elle était la plus vieille compagne d'Hélène, rencontrée à l'université, curriculum vitae sur mesure pour ne pas heurter la petite voleuse de brioches de Pontarlier devenue étudiante en droit : fille d'un couple d'intellectuels chiliens condamnés à la clandestinité, puis à l'exil sous le général Pinochet, Alicia cumulait déracinement, pauvreté et cheveux noirs. Infiniment noirs. On devinait qu'entre elles deux tout avait dû se jouer dans la seconde, sur un coup de foudre. À force de tout partager elles avaient des mots, des rires, et des intonations en commun, à tel point que Marc les confondait parfois au téléphone. Alicia en connaissait bien plus long que lui sur Hélène et cela lui donnait une place à part dans l'esprit de Marc. Très au-dessus d'eux tous, de telle sorte qu'elle pouvait aisément les surveiller de là-haut, s'imaginait-il, le surveiller lui, en particulier. L'affection discrète qu'elle lui témoignait était du point de vue de Marc conditionnée à l'amour qu'il portait à Hélène. Il n'aurait pas parié sa chemise sur les sentiments d'Alicia à son égard – qu'Hélène le quitte et du jour au lendemain Alicia oublierait jusqu'à son nom. Il en était persuadé. Alicia aimait Hélène de façon inconditionnelle, comme une sœur siamoise, et elle ne prêtait qu'une attention intéressée à son entourage – secrètement jalouse, oui, certainement, mais également prête à anéantir celle ou celui qui ferait du mal à son amie. Cet absolutisme, et l'invraisemblable violence qui le sous-tendait, remplissait Marc de sympathie. Il aurait aimé dire à Alicia combien son amitié, ombrageuse et exclusive, le touchait, mais en sa présence, et même après dix années passées auprès d'Hélène, il se sentait comme un intrus, écrasé par son ignorance immense.

Il entendit Violette ajouter de l'eau chaude dans son bain et en frissonna de satisfaction. Alors il se rappela les filles, toujours dans l'appentis, et chercha à deviner l'heure – la fenêtre de la cuisine réfléchissait le rose étincelant du couchant. Violette coupa le robinet, il y eut l'écho de quelques clapotis, puis plus rien – elle avait dû se rallonger. Bon, se dit-il, maintenant je vais débarrasser la table et penser au dîner. Cela le combla de bien-être. Il eut de lui la vision d'un homme immatériel, transparent, qui ne s'incarnait aux yeux du monde qu'à travers les tâches de la maison. Ça n'était pas la première fois, mais décrypter la chose, puis la formuler, lui avait pris des années. Longtemps il avait observé les autres hommes et envié leur humour, leur vivacité d'esprit en société. Ils prenaient la parole, et en quelques phrases absolument magiques parvenaient à focaliser l'attention sur eux. Marc était ébloui, puis assez rapidement mal à l'aise, parce qu'il était le seul, finalement, à ne rien dire. Tant qu'on ne le remarquait pas, ça allait, mais il se trouvait toujours une âme compatissante pour lui tendre une perche qui le précipitait dans des gouffres de confusion. C'est dans de telles circonstances que lui avaient été présentées les amies d'Hélène, avant qu'il décide de ne plus accompagner sa femme nulle part. Il avait eu la sensation physique qu'elles écarquillaient démesurément les paupières pour le distinguer du papier peint contre lequel il se tenait adossé. C'était faux, elles le voyaient sans doute parfaitement bien, et elles étaient certainement curieuses de le rencontrer, mais lui aimait si peu son corps, son visage, qu'il était en train de mourir à l'intérieur pendant qu'elles lui adressaient des mots qu'il n'entendait pas. De s'éteindre, comme il s'éteignait enfant sous le regard si ostensiblement déçu de cette mère impossible. Cette impitoyable idiote, songea-t-il. Il lui avait fallu tout un livre pour lui régler son compte, mais c'est elle néanmoins qui avait eu le dernier mot : jamais il n'était parvenu à sortir de l'ombre, à se mêler aux vivants. Il était devenu un homme de maison. D'une certaine manière, après l'avoir mis au monde, elle l'avait empêché de naître.

Il se croyait tout au plaisir de la vaisselle, ses mains gantées plongées dans l'eau brûlante, attendant sereinement des nouvelles d'Italie – au fond, sa décision était prise, il allait partir pour Turin parce qu'il ne pourrait pas écrire une ligne tant qu'il n'aurait pas revu Turin, tout simplement, tout simplement, Curtis –, quand lui revint pour la centième fois le souvenir de ces trois ou quatre minutes dans les bras de Sabine. Bien sûr, des trois amies d'Hélène, Sabine était la seule à avoir eu le culot de l'inviter à danser. Elle avait certainement oublié cet épisode, depuis le temps, trois ou quatre ans peut-être, mais lui non. Ces quelques minutes dans les bras de Sabine lui avaient cruellement rappelé qu'il n'était pas transparent, qu'il avait une certaine densité, des os saillants, notamment, qu'il n'aimait pas, et puis de la chair, et pour envelopper le tout une peau trop blanche qui le dégoûtait pas mal. Sabine avait fait exactement comme si elle dansait avec un type normal alors qu'il était au bord de la syncope. C'était sa main, innocemment posée sur une omoplate de Marc. Une de ces omoplates décollées qui lui donnaient l'air d'un petit vieux à six ans. Sa mère, cela la contrariait tellement ! Mais Sabine aurait posé sa main n'importe où que ç'aurait été la même chose. C'était à partir de ces trois ou quatre minutes que, reprenant le fil de son histoire avec Hélène, Marc s'était étonné de n'avoir rien éprouvé de semblable lorsqu'elle l'avait enlacé pour la première fois. Sans doute cet étonnement était-il à l'origine de son désir d'écrire un jour un livre, ou quelque chose, à propos d'Hélène.

D'abord il avait eu envie d'elle quand elle s'était pressée contre lui, à Turin, dans cette chambre de l'hôtel San Carlo, après son strip-tease. C'était normal, elle n'avait gardé que sa culotte, et dans le reflet de la glace il pouvait la voir de dos, ses reins cambrés, ses fesses pleines et rondes, ses longues jambes de coiffeuse. C'était normal, admettons, bien qu'avec d'autres, et même dans ces premiers instants effarants de sensualité, la soudaine conscience de lui-même l'eût parfois rattrapé et anéanti. Mais un peu plus tard, en le découvrant à son tour, Hélène avait clairement exprimé une forme d'enchantement, comme si le corps de Marc éveillait en elle une émotion particulière. Il n'en avait pas cru ses oreilles. Allongé sur elle après l'amour, il avait voulu s'en aller vite pour ne pas l'écraser de son grand corps, et elle avait eu cette phrase inimaginable : « Non, reste, tu n'es pas lourd, tu es tout fin. »

Il la connaissait par cœur, la phrase, et il la redit tout bas pour le plaisir en rinçant la vaisselle.

— Ça va bien, papa ? Tu parles tout seul, maintenant ?

Évidemment, il sursauta.

— Tu étais là ? Je ne t'ai pas entendue…

C'était Claire. Elle voulait savoir s'il pouvait venir les aider à fixer un truc dans l'aquarium. Le truc était ce qu'elles avaient mis la journée à construire, une espèce de parc d'attractions pour les crevettes, essentiellement constitué d'éléments d'une vieille dînette en plastique cloués sur des tasseaux, ou fixés avec du fil de fer. Il y avait des tunnels, des trapèzes, des cachettes, et des maisons faites de tasses à thé retournées dans lesquelles de petites portes avaient été découpées. L'ouvrage était censé couler dans l'aquarium qu'elles avaient rempli d'eau de mer et leur déconvenue provenait de ce qu'il flottait.

Marc comprit tout de suite qu'Anna était contre son intervention. Elle avait dû tenter jusqu'au dernier moment de trouver une solution et se tenait maintenant bras croisés et furieuse au-dessus de l'édifice. Elle laissa échapper un petit sifflement quand Marc s'en approcha.

— Je peux le soulever, pour voir ?

— Oui, ben si tu le casses, tu le répareras !

— Il va pas le casser, dit Colline, à qui la venue de son père, au contraire d'Anna, faisait faire de petits bonds.

— Il suffit d'accrocher des poids, en fait, observa Marc.

— Exactement ce que j'avais dit ! fit Anna.

L'agacement se lut sur le visage de Claire parce que la question était *précisément* qu'elles n'avaient rien trouvé qui pût faire office de lest, mais la voix d'Hélène l'empêcha de répliquer.

— Y a personne dans cette maison ?

Elle était sur le perron, les joues colorées d'avoir marché trop vite, des mèches entortillées lui caressant les tempes, son chignon presque complètement défait ; Marc l'aperçut par le vasistas et il devina qu'elle s'était arrêtée chez Sabine boire une tasse de thé, ou un verre de vin plutôt, et fumer quelques cigarettes. En criant comme ça, elle se doutait bien que l'une ou l'autre allait surgir de derrière la maison, ou de l'appentis, pour la fêter. Elle était heureuse de rentrer, de les retrouver, tellement plus heureuse que la veille au soir dans cette chambre d'hôtel d'Étretat qu'elle aurait voulu fuir.

Anna l'atteignit la première, puis Colline.

— Vous m'avez manqué, dit-elle en s'asseyant sur les marches. Racontez-moi, qu'est-ce que vous avez fait aujourd'hui ?

Anna raconta, elle faisait cela très bien, avec d'innombrables détails, en reprenant régulièrement sa respiration, et il fallait dans le même temps enlacer tendrement Colline, la caresser et l'embrasser pour l'aider à attendre son tour, ce que fit Hélène. Marc était resté accroupi devant l'aquarium avec les filles de Violette, et Claire contemplait la scène du perron de la porte de l'appentis, appuyée contre le chambranle. C'est en se remémorant de tels moments qu'elle dirait un jour : « De toute manière, je sais bien que vous préférez Anna à moi. »

7

En ouvrant les yeux, ce lundi matin, Marc sentit que son cœur s'affolait. C'était le souvenir d'Omar. Il n'avait pas pensé de tout le week-end à ce petit con et là, subitement, à l'idée que Colline allait se retrouver entre ses pattes, de nouveau coincée dans les toilettes peut-être, la colère l'étouffait.

Il tendit le bras, découvrit à tâtons un fragment d'Hélène, une épaule nue qu'il prit un instant pour son profil avant de comprendre qu'elle était à plat ventre.

— Tu dors ?

— Oooh ! soupira-t-elle. Ça a sonné, déjà ?

— Il faut qu'on parle d'Omar, Hélène, ça ne peut plus durer.

— Tout à l'heure, tu veux bien ?

Il se leva, passa par la salle de bains enfiler ses vêtements et se dirigea vers la cuisine le plus discrètement possible. Des images d'une rare violence lui traversèrent l'esprit. Mieux réveillé, il en aurait été choqué sans doute, mais à ce moment il s'en félicita, au contraire, et se surprit même à serrer nerveusement le poing. En franchissant le salon, cependant, son attention fut attirée par le voyant rouge du répondeur téléphonique. Il clignotait, signe qu'un message avait été déposé, alors que le téléphone n'avait pas sonné de toute la soirée. Il s'approcha, baissa par avance le son, et appuya sur la touche « messages ». C'était l'hôtel San Carlo. Il reconnut immédiatement l'intonation polie, imperceptiblement condescendante de son interlocuteur habituel, et retint son souffle. L'homme lui communiquait le nom de l'ancien propriétaire, M. Pallavicini, disait-il, il épelait, puis il donnait un numéro de téléphone et enfin lui souhaitait bonne chance dans ses recherches.

— Oh, putain ! fit Marc. Oh, putain ! Je l'ai !

Il se frappa du poing contre la paume trois ou quatre fois, ricana tout bas en recommençant à jurer, puis, un crayon à la main, se repassa le message pour noter les chiffres. Il vérifia à deux reprises qu'il n'avait pas commis d'erreur et se figea. Ça y était, les portes s'ouvraient, et au bout il y avait à coup sûr le cahier d'Hélène. D'ailleurs, il commença de se raconter l'histoire comme s'il avait le cahier, comme s'il rapportait à Curtis les différents épisodes de cette incroyable enquête. « Écoutez-moi, Curtis, je vous raconte comment je l'ai retrouvé… »

Mais la conscience aiguë que ce message ne devait pas rester une seconde de plus sur le répondeur le tira brutalement de sa rêverie. Hélène ! Elle ne devait rien apprendre de tout ça, à aucun prix ! C'était déjà beaucoup qu'elle sût qu'il voulait lui consacrer un livre, si elle entrait avec lui dans ses cheminements clandestins elle tuerait le livre, le désir de l'écrire. Il avait besoin de la solitude et du secret pour entretenir le désir. Mais de quand datait-il, ce message ? « Oh, mon Dieu ! souffla-t-il, pourvu qu'elle ne l'ait pas écouté. » Non, c'était impossible, dans ce cas, lui aussi l'aurait entendu. L'hôtelier avait dû appeler très tard, bien après minuit, alors qu'ils dormaient l'un et l'autre. Alors il se rappela qu'il était sorti marcher la veille au soir, laissant Hélène et Violette terminer la soirée sans lui. Quand il était rentré, Violette n'était plus là, plus une lampe ne brûlait en bas, et Hélène lisait au lit en l'attendant. Le téléphone avait pu sonner alors qu'elle était dans la salle de bains, il suffisait qu'un robinet coule, ou qu'on se brosse les dents, pour qu'on ne l'entende pas. En tout cas, elle n'avait fait aucune allusion à un quelconque appel. Rassuré, Marc effaça le message et gagna la cuisine.

Quand Colline, en chemise de nuit et pieds nus, vint s'asseoir à côté de lui, il buvait son café et avait complètement oublié Omar. Il cherchait de toutes ses forces à se remémorer la tête de M. Pallavicini et était exaspéré de ne pas y arriver. Il aurait voulu pouvoir en déduire son âge. Dans le scénario des retrouvailles qu'il se mettait à élaborer, c'était important, l'âge – avec un vieillard, les choses seraient forcément plus compliquées. Mais il était incapable même de dire si c'était un homme ou une femme qui se trouvait à la réception dix ans plus tôt. Songer qu'Hélène en savait sûrement plus que lui – elle était du genre à avoir consacré trois ou quatre pages de son cahier au San Carlo et à son patron – mais qu'il ne pouvait justement pas l'appeler à son secours décuplait sa colère.

— Alors tu me le fais, mon chocolat ? entendit-il pour la seconde fois.

— Colline, merde ! Tu ne vois pas que je suis en train de réfléchir ? Je ne peux jamais avoir la paix avec vous !

— T'es pas en train de réfléchir, tu bois ton café.

— Je peux boire et réfléchir en même temps, figure-toi.

— Oui, ben moi j'ai envie de mon chocolat, d'abord.

Elle regardait fixement Marc, son visage rond comme bouffi de fièvre, soudain. C'était l'émotion. Lui aussi la regardait, mais furibard, méchant, et au tréfonds de lui pas mécontent de l'être. Elles l'emmerdaient, à la fin, il avait besoin de silence et elles étaient sans cesse à lui réclamer des trucs, de jour comme de nuit, ça n'arrêtait jamais.

— Tu n'as qu'à te le faire toute seule, ton chocolat, t'es bien assez grande. Merde ! répéta-t-il.

Il la vit descendre de sa chaise, sortir le carton de lait de la porte du frigidaire en prenant bien garde de ne pas en renverser, et remplir la casserole. Le plan de travail était un peu trop haut, elle devait lever les bras et ne voyait pas le fond de la casserole, même en se dressant sur les orteils. Après ça elle prit les allumettes, qu'elle avait l'interdiction formelle de toucher, et en sortit une.

— En plus je vais me brûler, dit-elle sans se retourner, t'es trop méchant.

— Excuse-moi, bondit alors Marc. Excuse-moi, Colline, je ne pensais pas ce que j'ai dit, je vais te le faire, ton chocolat. J'étais énervé à cause de mon travail, tu sais, mais c'est fini. Je peux t'embrasser ?

— Ta bouche elle sent mauvais.

— Bon, alors on se serre la main si tu préfères. La main de Colline !

— Regarde, reprit Marc, quand tu auras des bosses à la place des fossettes, là, aux articulations des doigts, eh bien tu seras assez grande pour faire ton chocolat sans moi.

Pendant que le lait chauffait, il constata avec plaisir que le temps allait se maintenir au beau – une clarté matinale bleutée semblait refouler vers l'arrière de la maison les particules anthracite du crépuscule. Tirée petit à petit du néant, l'aubépine, hirsute, paraissait émerveillée et stupide de s'en être sortie encore une fois. Celle-ci, l'hiver prochain, je la rabattrai de moitié, songea-t-il, couic, couic, elle m'énerve, en fait.

Quand il se retourna, le chocolat de Colline à la main, Anna était plantée devant l'aquarium. On aurait dit qu'Anna avait des os creux d'oiseau, elle ne faisait pas craquer les marches de l'escalier, on l'entendait rarement venir. Là, avec son pantalon de pyjama trop court, ses épaules étroites, ses cheveux comme des baguettes, elle ressemblait à une petite Vietnamienne.

— Tu as bien dormi, Anna ?

Elle acquiesça du menton, mais quelque chose n'allait pas, visiblement.

— C'est pas mal ce que j'ai fait, non ? dit Marc.

Quatre vieux roulements à billes maintenaient sous l'eau le parc d'attractions.

— Y en a plus que seize, des crevettes, dit-elle.

— Tu es sûre ?

— En plus, c'est une de Claire qui manque.

— Ouais, ben peut-être qu'elle a sauté par terre, dit Colline avant de se remettre à boire son chocolat.

— Très malin ! Si elle avait sauté par terre elle serait morte, je te ferai dire. Et on l'aurait trouvée, en plus.

— Ben peut-être que papa l'a écrasée.

Malgré le peu d'estime qu'elle avait pour les considérations de Colline, Anna fusilla du regard les chaussures de Marc, qui aussitôt vérifia ses semelles.

— Je ne l'ai pas écrasée, dit-il. On va les recompter ensemble, si tu veux.

— Claire elle va pleurer si sa crevette elle est morte, observa Colline en sautant de sa chaise.

— Tu ferais mieux de te taire, dit Anna, parce que moi tous les soirs je dois lui téléphoner, à Claire. Toi bien sûr tu t'en fiches, elle t'a rien demandé.

— Ouais, maman ! hurla Colline en apercevant Hélène.

Elles se rejoignirent au milieu du salon.

Pour une raison mystérieuse, ils se levaient invariablement dans cet ordre, Marc, Colline, Anna, Hélène, et enfin Claire quand elle était là pour le week-end. Mais elle était rentrée chez sa mère la veille, juste après le dîner.

— Bon, moi je vais me doucher, dit Hélène en s'étirant. Maintenant tu me laisses, Colline.

Elle aperçut Anna et vint l'embrasser dans le cou.

— Elle pense qu'il manque une crevette, fit Marc.

— Elle doit être cachée quelque part, rétorqua Hélène en filant vers la salle de bains. Quand tu l'auras retrouvée, tu voudras bien aller me chercher le journal, Anna ?

— Elle s'en fiche complètement, maman, siffla Anna, y a que son journal qui l'intéresse, comme d'habitude...

Alors du sucrier de la dînette surgit la crevette de Claire.

— Ah, c'est elle ! s'exclama doucement Anna, confuse de s'être mise en colère mais délicieusement rassérénée. Tu me fais mon jus d'orange ? Pendant ce temps-là je vais chercher le journal de maman.

— Ouf qu'elle est pas morte ! entendit-on derrière la porte entrouverte des toilettes.

Marc observa scrupuleusement Hélène pendant qu'elle lisait son quotidien tout en mastiquant ses céréales et en buvant son thé. Elle n'avait fait aucune allusion au message téléphonique du San Carlo, mais en même temps elle dissimulait et mentait extrêmement bien, il le savait pour l'avoir vue faire avec des journalistes, ou même des gens du ministère, de sorte qu'une part de doute subsistait. Puis il cessa de penser au San Carlo pour profiter du moment. Il y avait quelques mois seulement qu'elle mangeait le matin autre chose qu'une pomme. Ces céréales, il allait lui-même les chercher dans une boutique spécialisée et la voir les ingurgiter lui donnait un fort sentiment d'autosatisfaction, comme si elle le laissait enfin prendre en charge sa santé après des décennies de caramels volés à l'étalage, de sandwichs bon marché et de pommes. Elle avait meilleure mine depuis qu'elle mangeait mieux. Certains matins comme celui-ci, avec ses cheveux mouillés et luisants, son front têtu, ses joues pleines, on aurait pu la prendre pour une grande adolescente. Elle continuait de lire, les paupières baissées, ne se préoccupant ni de lui ni de personne. Puis elle renifla légèrement et les yeux de Marc se posèrent sur son nez. Il se répéta qu'il n'en avait jamais vu d'aussi joli, droit, et cependant féminin, si justement proportionné, les ailes suffisamment déliées pour traduire tous les frémissements du plaisir, toutes les sensations du corps…

Subitement, elle releva le menton.

— Ben qu'est-ce que vous fichez, les filles, pourquoi vous ne montez pas vous habiller ?

— Tu crois que c'est drôle d'avoir une mère qui lit tout le temps le journal ?

— C'est mon travail, Anna, j'ai besoin de savoir ce qui se passe en France et dans le monde. Et puis tu ne vas pas commencer comme ton père…

— J'ai rien dit, fit Marc. D'ailleurs, maintenant, ta mauvaise éducation ne me dérange plus.

— Oui, c'est ça, maman, elle est mal élevée, observa sérieusement Anna, parce que ça se fait pas dans la vie de lire son journal pendant le petit déjeuner.

Passé le premier instant de stupeur, Colline se mit carrément à rigoler.

— Elle dit n'importe quoi, Anna ! Les parents ça peut pas être mal élevé, d'abord, c'est seulement les enfants.

— Exactement ! reprit Hélène. Viens m'embrasser, ma Colline... Les parents c'est toujours bien élevé, c'est comme ça, Anna, ça se discute pas.

— Nanananère, fit Anna. Tu te crois drôle mais t'es même pas drôle.

Ils partirent tous les quatre pour l'école, puis Marc accompagna Hélène jusqu'à la station de métro Couronnes et remonta par l'escalier du parc de Belleville.

Neuf heures et quart. C'était une bonne heure pour appeler l'Italie, là-bas, les gens se levaient tôt. Il laissa sonner une dizaine de coups, le cœur à la renverse, les tempes en feu, puis décida de réessayer après s'être fait un café. M. Pallavicini avait pu descendre prendre le journal et boire un café, lui aussi, à l'une de ces merveilleuses terrasses de Turin où les garçons sont en blanc et les petites cuillères en argent. La table du petit déjeuner était figée dans le chaos où l'avaient laissée les filles, il pensa qu'il était le seul homme au monde à qui ce chaos évoquait immédiatement trois êtres distincts, avec une précision et un sens du détail qu'aurait pu lui envier le plus scrupuleux des chorégraphes. Il aurait bien aimé pouvoir conserver cette table en l'état, ou la peindre, s'il avait su peindre, bien sûr, pour s'installer ensuite à loisir devant le tableau et dire tout ce qu'il y avait à dire des céréales d'Hélène, de son œuf à la coque, du chocolat de Colline et du jus d'orange d'Anna, des restes de tartines, du pot de Nutella dégoulinant, des taches ici et là, sans oublier la position des chaises qui trahissait la façon dont elles se tenaient plus ou moins sur une fesse, ni la petite pantoufle de Colline renversée sous la table parmi les miettes.

Il ne toucha à rien et alla s'installer à côté du téléphone pour boire son café. Pendant qu'il le terminait, M. Pallavicini remontait tranquillement chez lui, il le suivit dans la cage d'escalier, et il crut même entendre le cliquetis de son trousseau de clés comme il poussait la porte.

Instinctivement, Marc commença à se répéter ce qu'il allait lui dire, mais aussitôt son cœur s'emballa et il dut se lever et faire quelques pas pour se calmer. Puis, résolument, il s'empara du combiné et recomposa le numéro. À l'autre bout, personne ne décrocha.

Alors pourquoi grimpa-t-il en trombe jusqu'à son bureau ? Oui, pourquoi ? Il s'y retrouva attablé sans comprendre ce qu'il y faisait. En réalité, son travail lui manquait, c'était si bien quand, le livre lancé, il montait chaque jour s'enfermer après le départ des filles. Si bien ! En somme, il venait de se comporter comme ces chiens qui après la mort de leur maître continuent de courir jusqu'au bureau de tabac chercher un journal qu'on ne leur donne plus. L'image ne le fit pas sourire, elle l'agaça, parce que les chiens le dégoûtaient, en particulier lorsqu'il reconnaissait en eux des comportements humains, ou en lui des comportements de chien. Ils ont une façon indécente et narquoise de nous rappeler constamment notre animalité, songea-t-il. Il en était là de ses réflexions, toujours bêtement assis devant sa table vide, quand son désir d'écrire sur Hélène sembla peu à peu se transformer en désir d'Hélène, tout simplement.

Durant un temps indéfini il ne sut plus s'il avait envie d'écrire ou de faire l'amour. Les deux choses se confondaient dans son esprit. Il avait envie d'aimer Hélène, de la consommer, oh oui, oui, terriblement envie, mais son impuissance à entreprendre quoi que ce soit en ce sens le maintenait paralysé sur sa chaise. Si elle avait été là ils auraient sûrement fait l'amour, furieusement, comme au retour d'une guerre, entre deux portes ou sur le palier, avant de repartir chacun dans une direction, et la fièvre serait retombée. Mais elle était absente et la fièvre persistait. Progressivement, cependant, sa conscience luttant efficacement pour trouver une issue, il se découvrit satisfait qu'elle ne soit pas là. Éprouver du désir pour un personnage d'un de ses livres lui était arrivé à plusieurs reprises déjà – ainsi avait-il été très amoureux d'une certaine Cécile dans son dernier roman, au point de faire avec elle des rêves assez agréables – et chaque fois l'inassouvissement avait aiguisé ses sens, croyait-il, son intelligence aussi, peut-être. Exceptionnellement, il résolut donc de conserver intact son désir pour Hélène et attendit de voir ce que cela pouvait bien donner. Après un long moment où il ne se passa rien – il n'aurait pas été mécontent de se surprendre en train de chercher fébrilement son stylo pour se mettre à écrire, par exemple, mais ça n'arriva pas –, Marc se leva et ses pas le conduisirent jusqu'à leur chambre. Comme il avait rêvé qu'il enfouissait son nez dans les sous-vêtements de l'immatérielle Cécile, il se vit respirant ceux de sa femme dont les parfums lui étaient si familiers. Et puis il s'assit au bord du lit avec cette poignée de dessous légers sur les genoux et éprouva une forme de béatitude qu'il n'avait jamais ressentie en présence d'Hélène. Une béatitude pleine de vertiges minuscules au souvenir de façons qui n'appartenaient qu'à elle, dans la vie de tous les jours comme dans l'amour. Mon Dieu ! c'était à rire et à pleurer combien elle le touchait. Son pas, ses pirouettes devant la glace quand elle pensait qu'il ne la voyait pas, son regard courroucé puis à demi satisfait quand elle tordait le cou pour considérer son derrière et, un moment plus tard, l'air absolument de rien : « Tu ne me trouves pas trop grosse en ce moment ? Les fesses, je veux dire. » Sa brutalité et sa tendresse dont elle s'arrangeait difficilement, comme elle balançait sans cesse entre voyou et femme du monde. Il se rappela sa stupéfaction le jour où elle s'était plainte de ne jamais recevoir de fleurs. « Mais de moi tu veux dire ? — Ben oui, tiens... » Où avait-elle été chercher ça ? Ils ne venaient ni l'un ni l'autre d'un milieu où les hommes avaient la délicatesse et le loisir de rentrer du bureau les bras chargés de fleurs. Marc s'était maladroitement essayé à la chose et ils avaient bien vu que ça sonnait faux.

C'était étrange comme de se remémorer ces détails lui donnait la sensation d'être plus près d'Hélène que lorsqu'il était physiquement auprès d'elle. D'où cela provenait-il ? De ce qu'il était plus facile de songer à elle en son absence, bien sûr, que lorsque toute la maison respirait à son rythme. Alors il pouvait la regarder aller et venir, l'entendre, discrètement sourire, mais si rarement rêver. Par exemple, il ne lui serait pas venu à l'esprit, en sa présence, d'aller tranquillement s'enivrer de ses sous-vêtements. Sa réalité le ramenait à l'immédiat, à la contemplation du présent. Elle l'épuisait. Elle était exactement comme la vérité dont les gendarmes et les juges prétendent être les gardiens mais dont le respect condamne toute tentative d'écriture – il n'y a qu'à lire les juges pour s'en convaincre. Oui, voilà, elle était trop vraie. L'Hélène qu'il aimait, et envers laquelle il sentit de nouveau monter son désir d'écrire, était certainement inspirée de la vraie mais elle incarnait aussi sans le vouloir, sans le savoir, toutes les illusions de Marc.

Poussé cette fois par une irrésistible envie de remettre la main sur son stylo il regagna son bureau. Le vieux Waterman patientait dans le premier tiroir, avec une réserve confortable de cartouches, et dans le tiroir du dessous il restait de son précédent livre deux ou trois blocs de papier à lettres. Il mit tout cela en ordre de marche puis se demanda par où commencer. Peu importe si ça n'était pas le livre, le livre lui-même n'était envisageable dans son esprit qu'après la découverte du cahier, ce dont il avait besoin, là, tout de suite, c'était de traduire le délicieux frisson qui le parcourait à l'idée d'Hélène. Alors il se rappela son déjeuner avec Curtis, quatre jours plus tôt, et il écrivit : « Écoutez-moi, Curtis, je vous raconte comment je l'ai rencontrée et puis… Et puis vous me direz… Vous me direz sincèrement ce que vous pensez, n'est-ce pas ? En fait, c'est le type avec qui elle vivait à l'époque que j'ai d'abord repéré. » À ce moment lui apparut Humphrey à sa fenêtre, comme si c'était hier, torse nu, le visage encore bouffi de sommeil, tirant sur sa première cigarette, et il leva instinctivement les yeux en direction de l'immeuble : Frédérique se tenait également à sa fenêtre, et elle aussi tirait sur une cigarette.

Il posa son stylo, alla ouvrir, et tout de suite elle le vit.

— Bonjour ! s'écria-t-elle avec cette gaieté spontanée qui semblait être sa marque.

Une seconde elle lui tourna le dos, et cette fois c'est elle qui brandit dans sa direction une tasse à café.

— D'accord, fit-il, j'arrive.

Il laissa la fenêtre ouverte, reboucha précipitamment son Waterman et dévala l'escalier jusqu'au jardin. Là, elle le héla de nouveau pour lui donner le code et l'étage.

— Décidément on ne se quitte plus, dit-elle en lui ouvrant. Au fait, j'ai aperçu votre femme, hier soir…

— Oui ?

Peut-être eut-elle un élan naturel pour l'embrasser, familièrement déjà, mais Marc, de façon un peu balourde, lui tendit la main et elle s'en saisit avec un gloussement confus.

— … hier soir sur le perron, avec vos petites filles, reprit-elle. C'était une jolie scène.

Il ne releva pas. C'était la première fois qu'il pénétrait chez Humphrey et Hélène et il aurait aimé qu'elle se tût et le laissât seul.

Elle eut l'intuition de quelque chose parce qu'elle s'interrompit, en effet, et le regarda drôlement par en dessous – elle était pieds nus, nettement plus petite que lui, enfouie sous un peignoir mauve beaucoup trop grand pour elle et dont elle avait retroussé les manches.

— Vous voulez visiter ? proposa-t-elle après un instant, comme ils se tenaient l'un et l'autre figés au seuil d'une pièce qui pouvait être le living.

Mais c'était ironique, ou du moins le crut-il.

— C'est un endroit particulier pour moi, s'excusa-t-il. Je vous ai raconté, n'est-ce pas...

— J'ai bien compris, reprit-elle, c'est pourquoi je vous propose de visiter.

— Alors avec plaisir.

En dehors du living, qu'il avait sous les yeux, il n'y avait qu'une chambre à coucher, et elle lui demanda une seconde pour la mettre en ordre.

— La fenêtre, je peux l'ouvrir ? s'enquit-il quand il fut dans la chambre.

— Bien sûr.

Voilà, maintenant il jouissait exactement du point de vue de Humphrey sur sa maison, et en se reculant il pouvait même voir sans être vu, ce qu'avait sans doute fait Hélène. Deux pas en arrière, on apercevait encore l'intérieur de la chambre de Claire où Marc bricolait en ce temps-là, et, tiens, le jardin se reflétait dans le battant de droite de la fenêtre. En le manœuvrant, on pouvait suivre ce qui s'y passait jusque devant l'appentis.

Frédérique l'observait, bras croisés, comme on observe un flic.

— Ça va ? Vous découvrez des choses ?

— Oui, fit-il en se retournant.

Le lit occupait le fond de la pièce. Si elle n'avait pas été là à le surveiller il s'y serait allongé, pour voir.

— Le lit vous intéresse aussi ? entendit-il. Remarquez, à cette heure-ci, ça peut être très agréable…

Son ricanement équivoque le rappela brusquement à la réalité. À quoi jouait-elle ? Elle se moquait, mais pas seulement.

— Non, je me demandais… c'est quoi sur les murs ?

— Pardon ?

— Sur les murs, c'est de la peinture ou du papier peint ?

— Qu'est-ce que ça change ? Je ne comprends pas…

Cette fois, il n'y avait plus rien d'équivoque – elle était en train de se demander s'il n'était pas un peu fêlé et, brusquement, le jeu ne l'amusait plus.

— Hélène dessine remarquablement, mentit-il, à cette époque je sais qu'elle couvrait les murs de croquis.

— Et alors ?

— Alors si c'était du papier peint on aurait une chance de les retrouver.

La stupéfaction la laissa un instant bouche bée.

— Attendez, reprit-elle sourdement, je rêve ou vous êtes en train de m'expliquer que vous arracheriez la tapisserie de mon appartement pour retrouver des dessins de votre femme ?

— Oui, enfin, pas partout, disons peut-être juste dans les toilettes où elle dessinait beaucoup, et de toute façon je vous paierai la remise en état.

— Vous êtes un drôle de type, fit-elle en secouant la tête, plutôt rassérénée. C'est rare de rencontrer un homme aussi accro à sa femme.

— Oui ? Je ne sais pas.

— Moi je sais, je suis même payée pour le savoir.

— Ah bon.

— À Marseille, je recevais beaucoup de couples en consultation – je suis psychologue, c'est ma spécialité, le couple. Et pendant que je les aidais à y voir plus clair, mon chéri tombait amoureux d'une autre... Enfin, vous, ça ne risque pas de vous arriver.

— ...

— Je vous offre un café quand même ?

Il la suivit jusqu'à la cuisine. Elle le pria de s'asseoir sur l'unique tabouret. Pendant qu'elle rinçait la cafetière, il remarqua qu'elle regardait plus volontiers dehors que dans sa direction.

Et soudain elle dit :

— Il y a un type qui vient de rentrer chez vous, avec une fille...

— Merde, c'est vrai ?

— Vous ne fermez jamais ?

— Je reviens.

Il était déjà sur le palier quand elle le rappela.

— Attendez, ils ressortent.

Marc bondit à la fenêtre.

— Mais c'est mon fils, c'est David !

— Ah, tout va bien alors.

Ils les virent s'affaler dans l'herbe et allumer des cigarettes.

— Je suis sûr qu'ils ne se sont pas encore couchés, dit Marc. David adore sortir, il a énormément d'amis, tout le contraire de moi. J'ai souvent pensé que si nous n'étions pas père et fils, jamais nous n'aurions eu l'occasion de nous rencontrer... En attendant que le café passe, poursuivit-il, j'aimerais bien aller jeter un coup d'œil à vos toilettes si ça ne vous dérange pas.

Elle lui glissa sous le nez et alla ouvrir grande la porte des cabinets, trois pas derrière lui dans le vestibule.

— Je vous en prie, dit-elle en s'effaçant pour le laisser entrer.

C'était du papier peint ! Il n'en crut pas ses yeux mais parvint néanmoins à se contrôler.

— Regardez, dit-il, tout en glissant délicatement l'ongle du majeur sous la tapisserie, quelques centimètres au-dessus du dévidoir de papier hygiénique.

— Formidable !

— Ne faites pas cette tête, je ne toucherai à rien si ça vous ennuie.

— Non, je rigole. Enfin, à moitié. Vous envisagez sérieusement de tout arracher ?

— Le temps de trouver un peintre. De toute façon, il n'est plus très frais, votre papier.

— Et s'il n'y a rien dessous ? Votre femme doit bien se souvenir si elle a dessiné ou non...

— Quand pourrait-il venir, le peintre ?

— On peut sortir pour discuter, ou vous voulez prendre le café sur la cuvette ?

— Excusez-moi.

De retour dans la cuisine, elle expliqua qu'elle pensait rouvrir un lieu de consultation, mais ne travaillait pas pour le moment.

— Vous n'avez pas l'air débordé non plus, dit-elle avec une touche d'amusement, ou d'ironie. C'est indiscret de vous demander ce que vous fabriquez dans la vie, à part collecter les dessins de votre femme ?

— Rien, ça m'occupe à plein temps, fit-il en se levant. Merci pour le café, je vous rappelle très vite.

En descendant, il songea qu'il n'avait décidément que des motifs de satisfaction ce lundi matin. Dans l'après-midi il chercherait un peintre, et ce soir il avait toutes les chances de trouver Pallavicini chez lui. Au fond, la seule ombre au tableau était la présence de David dans la maison à l'heure où il avait absolument besoin d'être seul pour travailler.

C'était étrange combien David, par sa façon d'être, ruinait implicitement ses constructions. Marc n'avait qu'à penser à lui, qu'à l'entendre, à plus forte raison, pour sentir un vent de dérision souffler sur ses réflexions. C'est que David était un consommateur féroce de la vie, de la vraie vie, celle qui n'attend pas tranquillement qu'on veuille bien l'inventer. Il se servait à l'étalage, en femmes, en musique, en shit, et lorsqu'il était rassasié il rentrait dormir. Quand Marc, au même âge, échangeait avec Agnès, qu'il venait de rencontrer, des promesses d'éternité d'une ingénuité confondante, David jetait sans les ouvrir des lettres de femmes dont le nom seul l'ennuyait. Si Marc avait dit à son fils qu'il était prêt à payer la réfection d'une pièce pour retrouver une seule phrase d'Hélène, et à faire le tour du monde pour récupérer son cahier, David, croyait-il, aurait pu sérieusement mourir de rire. C'est bien pourquoi il n'avait pas l'intention de lui dire quoi que ce soit. Mais même en gardant pour lui ses secrets, Marc avait du mal à ne pas entendre le rire de son fils, surtout s'il était dans les parages.

— Bonjour, dit-il à la jeune fille, puis : Salut, David, je monte dans mon bureau, essayez de ne pas faire trop de bruit.

— Pas de problème.

— C'était bien, ton week-end ?

— Tranquille, tranquille.

— Bon, à tout à l'heure peut-être.

— Ça t'emmerde si on prend un bain ?

— Non, mais sans la radio, s'il te plaît.

David eut un acquiescement entendu tout en écrasant son mégot dans l'herbe.

— Mon père n'aime pas la musique, dit-il à son amie. Et, revenant à Marc : Travaille bien, p'pa !

Marc s'en voulut aussitôt de n'avoir pas été plus chaleureux. Il était maintenant établi qu'ils regrettaient l'un et l'autre de ne pas partager plus de choses, mais, tandis que David s'en amusait affectueusement, Marc affichait constamment un air déconfit. Il aurait un père à son image, se répéta-t-il, rocker et noctambule, admettons, il serait sûrement plus heureux, moi je suis un reproche permanent pour lui, et en plus je deviens parano… À ce moment il revit le geste de David enfonçant vigoureusement sa cigarette dans la terre alors qu'il lui avait demandé cent fois de jeter ses mégots ailleurs, et la colère le reprit. Il se fout de moi, en réalité, songea-t-il, il se fout de moi…

Une fois dans son bureau il convint que David venait encore une fois de lui dynamiter sa journée, mais aussitôt assis il relut les quatre premières phrases de son manuscrit et, insidieusement, surgissant d'on ne sait trop où, le désir de poursuivre l'emporta petit à petit sur la colère. « Écoutez-moi, Curtis, reprit-il, je vous raconte comment je l'ai rencontrée et puis… »

Et puis il raconta, en effet, pendant deux ou trois heures peut-être, miraculeusement indifférent aux échos de la salle de bains, à l'odeur du shit, à leurs exclamations, et il en était à se remémorer sa robe noire de paysanne des années 1940, à pois blancs, vous savez, Curtis, de ces robes qu'on achète sur les marchés, quand la sonnerie du téléphone le précipita dans l'escalier.

C'était l'école, M. le directeur en personne.

— J'ai dans mon bureau votre fille Colline qui se plaint du ventre…, entendit-il.

Un silence interminable suivit, durant lequel Marc vécut une espèce de corps à corps sanglant avec le spectre d'Omar tout en se reprochant d'arriver trop tard.

— Pardon, je suis bien chez le père de Colline ? reprit le directeur, surpris sans doute de n'obtenir aucune réaction.

— Oui, oui, excusez-moi... Qu'est-ce qui s'est passé exactement ?

— D'après sa maîtresse, Colline se serait plainte du ventre en sortant de la cantine, puis de nouveau à la reprise de la classe, et il est exact qu'elle est un peu pâle...

— Elle est un peu pâle parce que cet abruti d'Omar la terrorise ! explosa Marc.

— Pardon ?

— J'en ai plein le dos de cette petite frappe, je devais justement l'attendre à la sortie ce soir. Colline vous a dit ce qu'il lui a fait ?

— Non, mais dans le cas présent je crois qu'Omar n'y est pour rien.

— Ouais, parce qu'il est gentil, maintenant, confirma Colline. Jasmine et moi on lui a donné du goûter...

— Votre fille ne le met pas en cause, trancha le directeur.

— J'ai entendu, oui, M. Omar les rackette et en échange elles ont la paix.

— J'ai également entendu, ne vous faites pas de souci, et je peux vous assurer que, moi à la tête de cet établissement, ça ne se reproduira pas. Vous passez prendre Colline ?

— Tout de suite.

Puisque c'était ça, juste un mal de ventre, le retour de Colline lui apparut comme un don du ciel. Ça n'arrivait qu'une ou deux fois par an, et par enfant, que l'école téléphone en pleine journée et chaque fois l'événement remplissait Marc d'allégresse. Il s'y mêlait la satisfaction d'avoir à soigner la malade et celle, plus souterraine, d'incarner l'éternel sauveteur. L'une et l'autre le poussaient à courir jusqu'à l'école alors que le péril n'en réclamait pas tant, il le savait bien.

Elle tenait son cartable de la main droite, son ventre rond de l'autre – l'émotion lui avait rendu des couleurs.

— Même j'ai faillu vomir, dit-elle.

— Failli, ma Colline, raconte-moi.

En chemin elle raconta. Les endives à la béchamel, tout provenait de là.

Ils marchaient en se donnant la main, sur le trottoir étroit, du côté ensoleillé de la rue. C'était étonnant comme le quartier était silencieux à cette heure de la journée, on se serait cru à Lisbonne au moment de la sieste et Marc fut pris d'une envie subite de retourner à Lisbonne avec Hélène ; alors il s'aperçut qu'il n'écoutait plus Colline.

— Attends, recommence, dit-il, je n'ai pas suivi.

— Tu veux que je recommence depuis le matin, là ?

— Non, quand les dames de la cantine ont dit de tout manger.

— Ben y en a ils les ont cachées dans leur serviette les endives.

— Des serviettes en papier ?

— Oui, et après ils les ont mises dans la poche de leur pantalon.

— Mais c'est dégueulasse !

— Ben non parce que tu vois les serviettes ça fait pas des taches.

— Et pourquoi tu ne l'as pas fait, toi ? Pourquoi tu ne l'as pas fichue dans ta poche, l'endive ?

— Ben parce que je n'ai pas de poche, tiens !

Elle était vexée, comme s'il s'était moqué d'elle. Elle portait une robe d'été bleu fané qui avait appartenu à Claire et on voyait mal en effet où elle aurait pu dissimuler quoi que ce soit.

— Ah oui, excuse-moi, dit-il. Et un instant plus tard : En arrivant à la maison tu vas t'allonger, ça passera. Ou tiens, ce qui te ferait peut-être du bien, c'est de prendre un bain chaud.

Elle parut y réfléchir.

— Les bains ça enlève la fièvre, en plus, dit-elle après un moment. C'est bon pour les maladies, les bains.

Il avait laissé la maison ouverte sur le jardin, sachant que David et son amie dormaient à l'étage, et Colline l'y précéda en courant. Pendant qu'il lui lisait une histoire, elle se tint strictement allongée dans l'eau, et puis elle dit qu'elle se sentait mieux et qu'elle allait jouer maintenant. Il y avait au-dessus de la baignoire un sac avec des éprouvettes en plastique, des pipettes et du tuyau souple, le tout provenant d'une boîte de chimie qu'avait eue David pour Noël des années auparavant. Marc versa l'ensemble dans la baignoire et remonta dans son bureau.

Il voulut poursuivre le récit de sa rencontre avec Hélène mais il n'y était plus. L'irruption de Colline, quelque chose qu'elle avait dit, l'avait transporté ailleurs. Il mit un certain temps à découvrir où, et quand il y parvint il sentit que sa respiration s'accélérait. C'était l'intonation affolée d'Hélène au milieu de la nuit, incroyablement présente soudain : « Marc, vite, elle est brûlante de fièvre. » Et quelques secondes plus tard la voix calme d'une femme, une infirmière sans doute, à l'autre bout du fil : « Vous lui donnez un bain froid et vous venez. » Ils avaient rempli le lavabo et plongé Colline dedans. Elle tenait facilement, elle n'avait que huit jours. Les mains d'Hélène tremblaient, son visage était devenu gris d'un seul coup. Marc ne tremblait pas, lui, il disait : « Ça va aller, Hélène, ça va aller. Regarde, l'eau froide lui fait du bien. L'hôpital n'est pas loin, on y sera tout de suite. » On les avait pris en priorité aux urgences, devant des parents qui avaient également l'air de naufragés mais dont les enfants avaient déjà plusieurs mois. Un médecin était apparu, pressé et mutique. Il avait demandé qu'on libère une petite pièce à côté tout en commençant d'examiner Colline qu'Hélène et Marc avaient déshabillée. À ce moment-là, Hélène pleurait doucement tout en caressant le front de son bébé. Puis le médecin était parti et l'infirmière avait traduit : « On va lui faire différents prélèvements, dont une ponction lombaire, il vaut mieux que vous n'y assistiez pas. » Oh ! les hurlements de Colline, même à l'autre bout du couloir et la porte fermée... Sur Marc, qui se croyait fort alors qu'il était seulement étranger, étranger à cet enfant, les cris horrifiants de Colline avaient eu un effet imprévisible et dévastateur. Tandis qu'Hélène parvenait tant bien que mal à se dominer, à maîtriser la situation, lui avait complètement perdu les pédales, il s'était mis à sangloter en appelant tout bas au secours. Quand ils étaient rentrés chez eux, le matin, sans Colline, ahuris de chagrin, il ne pleurait plus, il avait rattrapé en une nuit le retard considérable qu'accumulent les pères durant les neuf mois de grossesse. Il avait rejoint Hélène. Maintenant ils pouvaient attendre ensemble, sans pleurer, ou peu, simplement réconfortés d'être deux à partager la conscience du désastre. Quelques jours plus tard, toutes les petites forces rassemblées de Colline l'avaient finalement emporté sur la maladie.

Colline était dans son bain, tout à l'heure Anna rentrerait seule de l'école, il y avait au moins trois rues à traverser dont l'une était utilisée par les voitures comme un raccourci, de sorte que les conducteurs accéléraient formidablement pour célébrer le temps gagné et qu'au printemps dernier une petite fille avait été renversée, depuis quelques mois des hommes déshabillaient Claire du regard, des vieux, disait-elle, certains lui murmuraient des saloperies au passage qu'elle rapportait à Marc en ne sachant trop si elle devait en rire, d'autres la suivaient parfois et elle avait alors consigne d'entrer chez le premier commerçant venu, oui, je sais, papa, disait-elle, tu me l'as déjà dit, et de toute façon s'il n'y a pas de commerçants, je cours jusqu'à l'immeuble de maman, oh non, Claire, ne fais jamais ça surtout, s'il entre avec toi dans la cage d'escalier tu n'as plus personne pour te protéger, l'immeuble se referme sur toi comme un piège, ne fais jamais ça, tu m'entends, hein ? et c'était arrivé, le lendemain de la rentrée scolaire, une amie de Claire avait été agressée dans l'escalier de son propre immeuble tandis que sa mère l'attendait sereinement pour déjeuner à l'étage au-dessus... Marc se mit à aller et venir nerveusement dans sa pièce minuscule, puis il sortit et vint s'asseoir sur le rebord de la baignoire. Colline ne lui jeta qu'un œil distrait. En captant le filet d'eau du robinet avec le tuyau souple, elle remplissait une éprouvette posée sous son nez qu'elle renversait ensuite dans la baignoire. Après, elle recommençait.

— Tu n'as pas froid ? Tu ne veux pas qu'on réchauffe un peu le bain ?

Elle fit non de la tête, et comme il l'embêtait, manifestement, Marc partit s'installer sur les marches du perron. La façade n'était déjà plus au soleil, l'après-midi devait être bien avancé.

Un peu plus tard il reconnut le pas d'Anna.

— Ah, t'es là, papa ! fit-elle en claquant le portail. M. le directeur m'a dit, pour Colline. Est-ce qu'elle a vomi ?

Anna haletait, elle avait dû courir tout le long depuis l'école.

— Non, tout va bien, ne t'en fais pas.

— Bon parce que tu sais, la maîtresse nous a distribué des bonbons à la menthe et j'ai demandé si je pouvais en prendre un aussi pour Colline...

— Tu es mignonne.

— Parce que tu vois la menthe ça fait passer, c'est la maîtresse qui l'a dit.

— Ça fait passer quoi ?

— Ben la nourriture, tiens ! C'est bon pour la digestion.

— Ah, d'accord.

— Tu ne le savais pas ?

— Non, enfin si, peut-être...

— La maîtresse l'a dit. Elle est dans son lit, Colline ?

— Dans la baignoire.

Anna entra, sans prendre le temps de poser son cartable.

— Colline ! appela-t-elle, j'ai un bonbon spécial qui va t'empêcher de vomir.

Mais quelques secondes plus tard elle était de retour.

— Elle est pas dans son bain, je te signale.

— Ah bon !

Ses petites narines en étaient dilatées d'indignation.

— Elle est malade et tu sais même pas où elle est ! Normalement les parents ça doit s'occuper des enfants quand ils sont malades.

— Tu es allée voir dans sa chambre ?

— Ben oui, tiens.

Marc retourna avec elle. Le tuyau et les éprouvettes flottaient à la surface du bain. Les volets de la chambre étaient encore fermés de la nuit précédente, le désordre habituel reposait dans une agréable pénombre.

— Tu es là, Colline ? appela-t-il. Ben où est-elle passée ?

— Ah, je sais, elle a dû monter dans la chambre de Claire, dit Anna en se précipitant vers l'escalier. Elle lui prend ses vieilles peluches, même que Claire l'a engueulée la dernière fois.

Non, elle n'était ni chez Claire ni dans le bureau de Marc.

Comme ils ne pouvaient pas crier à tue-tête à cause de David et de son amie qui dormaient, ils redescendirent en ouvrant systématiquement toutes les portes. Colline était dans le lit d'Hélène et de Marc, elle lisait une histoire à haute voix à un groupe de Barbie en robes du soir qu'elle avait assises dans les plis de la couette.

— Eh bien, ma Colline, on te cherche partout !

— Est-ce que tu as très envie de vomir ? coupa aussitôt Anna, plantée à son chevet.

De l'avis de Marc, Colline avait même oublié le sens du mot « vomir », mais il se dispensa d'intervenir.

— Un petit peu envie, rétorqua-t-elle, dans le doute.

— Bon, alors j'ai un bonbon spécial pour toi. Tu vas t'allonger et le sucer tout doucement. Tout doucement, hein, tu dois surtout pas le croquer, surtout pas, sinon tu risques d'avoir très mal dans la bouche, et dans le nez aussi. Nous, tu vois, on avait tous envie de vomir dans la classe, et c'est complètement passé. Tu peux t'en aller, papa, fit-elle en se retournant, agacée que Marc soit encore là, je m'occupe d'elle.

Il les entendit discuter de l'hypothèse où Colline n'aimerait pas le bonbon.

— Ça c'est impossible, dit Anna, tout le monde l'a aimé dans la classe.

— Oui, mais si moi il me fait mal au nez ?

— Eh bien tu courras le cracher dans les cabinets. Maxime ça lui est arrivé, la maîtresse lui a dit de le cracher dans la corbeille. Bon, tu es prête, là ?

Tout dut se passer normalement car un moment plus tard elles rejoignirent Marc à la cuisine. Elles comptèrent ensemble les crevettes, les dix-sept étaient bien vivantes et la captivité ne semblait pas encore leur peser. Puis elles réclamèrent leur goûter.

— Le chocolat, c'est pas très recommandé, aujourd'hui, dit Marc à Colline.

— Ça, tu te trompes, papa, le corrigea Anna, à mon avis, ça passera très bien. La maîtresse a dit que la menthe, c'était souberin.

— Souberin ? J'ai jamais entendu ce mot-là...

— Moi non plus, en fait, fit Anna, un peu gênée, mais ça veut dire que ça guérit toujours, quoi.

— Tu es sûre qu'elle n'a pas dit sou-ve-rain, plutôt ?

— Peut-être, je sais pas... On va pas parler de ça pendant tout le goûter, quand même !

Puis Anna fit son travail, une leçon de grammaire et quatre divisions. À deux reprises, elle dit qu'il ne fallait surtout pas qu'elle oublie d'appeler Claire à six heures.

À six heures et une minute elle appela donc.

« Ah, Claire, c'est Anna... Ça va ? T'es chez ta maman, là ?... Dans la rue, alors... Tu sais, elles vont très bien tes crevettes... Pourquoi ?... Ah, je comprends... Tu nous les donnes, alors ?... Ouais, d'accord, on choisit chacune à son tour et on ploufe pour savoir laquelle commence la première parce que forcément on n'en aura pas le même nombre... Sept, ça fait trois et quatre si on divise par deux... Ben oui, ça je sais, nous on les apprend depuis longtemps, les divisions... Bon, je te passe papa, au revoir... Oui, moi aussi.

— Claire elle veut plus ses crevettes, murmura Anna en tendant le combiné à Marc.

— Ah bon ! Pourquoi ? Et s'adressant à Claire : Pourquoi tu ne veux plus tes crevettes, ma chérie ?

— Papa ! Écoute-moi ! Tu m'écoutes, là ?

— Oui, je fais le vide en moi, je ne pense plus à rien d'autre.

— Ça y est, je sors avec Samuel !

— Non ! Je croyais que c'était prévu pour mercredi quatorze heures quarante-sept...

— Oui, ben on n'a pas eu anglais, tu vois, parce que la prof d'anglais est malade, et le lundi Samuel sort plus tôt.

— Ah, d'accord, ça ne pouvait pas tomber mieux, quoi. Il faudra envoyer des fleurs à la prof d'anglais.

— Il est super-mignon ! S'il y pense, il va m'apporter une photo de lui, tu voudras que je te la montre ?

— Un peu, oui !

— On se revoit mercredi... J'avais envie de mettre la robe qu'on a achetée à Étretat, tu crois que ça ira pour Paris ?

— Si l'été continue, oui.

— Sinon j'ai un pantalon noir et mon petit haut brillant.

— Bon.

— De toute façon tout me va, c'est toi qui l'as dit ! fit-elle en éclatant de rire.

8

— Tu boirais un café avec moi, ce matin ?

C'était assez rare qu'elle le propose, elle préférait plutôt retrouver Sabine, ou parfois Alicia. Marc pensa qu'elle avait quelque chose à lui dire.

Après avoir déposé les filles à l'école, ils remontèrent par la rue des Couronnes jusqu'au Balcons. Il restait une table libre en terrasse et ils s'y installèrent.

— Qu'est-ce que tu vas faire aujourd'hui ? demanda-t-elle en lui caressant furtivement la main.

— Je ne sais pas... Réfléchir, écrire un peu... Je suis dans cette phase où je tourne en rond sans trop savoir si je perds mon temps ou non.

Elle lui sourit mécaniquement en allumant une cigarette.

— Pourquoi tu me poses une question si tu n'écoutes pas la réponse ?

— J'ai très bien écouté et ça va, j'ai compris.

— Excuse-moi d'avoir été trop long.

— Tu es bête…

— J'aime bien te regarder.

— Je sais, et j'aime bien que tu me regardes.

Il se rapprocha pour qu'on ne l'entende pas des tables voisines.

— Alors pourquoi quand on fait l'amour tu veux toujours éteindre ?

— La lumière me fait mal aux yeux.

— Cette nuit, je pensais que je n'ai pas une seule bonne photo de toi, une photo qui te contienne, je veux dire, qui laisse au moins deviner comme tu es grave, et légère aussi.

— Je ne suis pas photogénique, tu sais bien.

— Non, je ne sais pas. Je crois que notre appareil est une merde. Je vais en racheter un avec un 105, mon frère disait que c'était le meilleur objectif pour les portraits, ça m'est revenu…

— Oui, deux cafés, s'il vous plaît, l'entendit-il demander.

Elle n'avait pas écouté, elle s'en fichait complètement de son histoire d'appareil. Ils se turent. Dans la nuit, il avait beaucoup réfléchi à l'énigme des photos d'Hélène, invariablement décevantes, et il s'était imaginé assez curieusement qu'en la prenant de profil, trois quarts arrière, il parviendrait à saisir ce qu'il cherchait.

— De profil, trois quarts arrière…, commença-t-il, toujours penché vers Hélène.

Mais alors la masse d'un buste vint assombrir leur table et il s'interrompit pour lever le regard : c'était Frédérique.

— Oh ! fit-il.

— Je dérange, excusez-moi…

— Mais pas du tout, pas du tout. Tiens, Hélène, je te présente la jeune femme qui… qui a pris ta succession.

— Qui a pris ma succession ? répéta Hélène en la dévisageant sans lui tendre la main.

— Frédérique habite l'appartement que tu occupais quand on s'est connus.

— Ah bon, acquiesça-t-elle avec un sourire glacial.

— Frédérique-Hélène, Hélène-Frédérique, dit Marc en accompagnant les présentations d'une mimique encourageante.

Elles se serrèrent la main.

— Vous prenez un café avec nous ? proposa-t-il.

— En ce qui me concerne, avec plaisir, mais je ne sais pas si…

— On peut vous emprunter la chaise libre ? s'enquit alors Hélène à l'adresse de leur voisin.

— Merci, dit Frédérique en souriant au voisin, puis à Hélène.

Marc eut confusément conscience d'avoir commis une sottise, mais la rencontre d'Hélène et de Frédérique l'intriguait, l'attirait, et c'est sans doute pourquoi il n'avait rien tenté pour l'éviter.

Il y eut un instant de flottement.

— Frédérique était accoudée à ta fenêtre, dimanche dernier, expliqua-t-il maladroitement, c'est comme ça qu'on est entrés en contact.

Hélène se força à sourire en direction de Frédérique.

— Les coïncidences de la vie…, dit-elle.

— Le quartier est très agréable, observa Frédérique.

— Frédérique est psychologue, elle arrive de Marseille, elle va ouvrir un cabinet à Paris, déclina Marc.

— Ah, d'accord, fit Hélène, cachant difficilement son indifférence, ou plutôt son antipathie.

— Vos filles sont complètement craquantes, surtout la petite ! lui lança à ce moment-là Frédérique, le visage ostensiblement ravi.

— Vous les connaissez ?

Sous l'étonnement prétendument joyeux, Marc reconnut immédiatement le désarroi de sa femme, celui qui lui venait de ses jalousies d'enfant. Ses filles ! De quel droit cette femme qu'elle n'avait jamais vue, qui ne lui était rien, se permettait-elle…

— Frédérique les a aperçues dimanche, dit-il.

On leur avait apporté les cafés. Hélène se mit à boire le sien en regardant ailleurs, laissant soudain entendre qu'elle avait d'autres préoccupations, ou que l'heure tournait.

Frédérique but à son tour.

— Bon, je vous laisse, à bientôt, dit-elle en se levant.

Marc la vit traverser sans hâte puis entrer au tabac, à l'angle de la rue des Couronnes.

Elle souriait.

— Je pense qu'elle a bien compris que tu ne l'aimais pas, dit-il.

Il s'attendait vaguement qu'Hélène proteste, mais rien ne vint. Elle se tenait le buste raide, le regard fixe. Puis il s'aperçut que le coin de sa bouche tremblait.

— Qu'est-ce qu'il y a, Hélène ? Qu'est-ce qui s'est passé ?

— Rien.

— Mais si ! C'est cette fille. J'ai bien vu, tout de suite elle t'a déplu.

— Je ne sais pas... C'est comme si elle était entrée dans notre vie par effraction.

— Par la fenêtre, oui, c'est comme ça qu'elle est apparue... Mais elle n'est pas entrée dans notre vie, je l'ai seulement invitée à prendre le café, dimanche. Et de nouveau là, tout de suite.

— Je comprends, elle est très jolie, très lumineuse.

— Ah bon, tu trouves ?

— Et elle te regarde comme si je ne comptais pas, comme si elle te connaissait depuis toujours.

— Mais ça va pas ? Pourquoi tu dis ça ?

— Tu ne vois jamais rien.

— Hélène !

— Toi, encore bon... Mais Anna et Colline...

— Quoi, Anna et Colline ?

— Elle a une espèce de complicité avec toi autour de nos filles.

— Une complicité avec moi ? Enfin t'es complètement cinglée, je ne la connais pas !

Il avait presque crié, les gens autour avaient certainement remarqué. Hélène écrasa la cigarette qu'elle venait d'allumer et se leva. Marc se leva également, il la retint doucement par le coude.

— Reste un peu, ne t'en va pas comme ça, c'est idiot...

— On dirait qu'elle attend que la place soit libre pour la prendre, murmura-t-elle en feignant de vérifier qu'elle avait bien des tickets de métro dans son sac.

Son menton tremblait, maintenant.
— Mais quelle place ?
— Oh, mon chéri, tu ne vois jamais rien, répéta-t-elle.

En regagnant leur maison, il essaya de reconstituer mot à mot ce qui s'était passé. Elle était heureuse en se levant, de très bonne humeur, et elle avait eu envie de prendre un café avec lui. Pour lui confier quelque chose, oui, peut-être, mais pas forcément, songea-t-il. Elle n'avait pas été là de tout le dimanche, et la veille au soir elle était rentrée tellement tard qu'ils dormaient tous. Elle travaillait beaucoup, elle s'amusait, elle sortait, elle les oubliait un peu, et puis soudain la peur la saisissait qu'ils s'habituent à son absence, qu'ils apprennent à se passer d'elle, et elle disait demain les filles je rentre à cinq heures, on fera les devoirs ensemble et je préparerai un bon dîner, qu'est-ce qui vous ferait plaisir ? Ou à Marc, faussement désinvolte, ça ne te dirait pas qu'on aille au cinéma ? Les filles sautaient de joie, Marc disait d'accord si tu trouves le film, si tu organises tout, et elle organisait tout en trois coups de fil. Elle était contente que personne ne lui en veuille, d'avoir toujours sa place, et quelle place !... La Concorde et les Champs-Élysées réunis. Il était arrivé à Marc de répondre non, je n'ai aucune envie d'aller au cinéma, vas-y toute seule, ou demande à Faure, tiens, il n'en reviendra pas, et ça s'était chaque fois mal terminé. De fil en aiguille, elle en était arrivée à lui conseiller de changer de femme, à lui rappeler qu'elle n'était pas du tout son genre, pas du tout, que lui, c'était connu, il aimait les blondes diaphanes aux yeux clairs, qu'il aurait adoré vivre auprès d'une idiote, pas obligatoirement bonne cuisinière, ça, d'accord, puisque tu t'en fiches de la bouffe, mais fondue d'admiration, bonne secrétaire, pourquoi pas, dans une grande maison provinciale, sur un gazon immense, et qu'à cause d'elle il s'arrachait les cheveux entre des barres d'HLM et des enfants qui le rendaient chèvre. Est-ce que je me plains ? disait-il. Non, mais c'est pire, tu vois bien, tu n'as plus envie de sortir avec moi. Un jour tu vas réaliser et tu t'en iras. C'est bien pire. Oui, elle avait eu envie de prendre un café avec lui, peut-être pour lui proposer d'aller au cinéma, justement. Et ce qu'elle redoutait s'était produit : à ce moment-là une idiote avait surgi. D'on ne savait où. Par effraction, en effet. Hélène l'avait immédiatement reconnue, semble-t-il, et lui avait logiquement prêté les pires desseins, l'ambition de la remplacer, de lui voler ses petites filles. Oh, mon Hélène ! murmura-t-il. Mais pour la première fois il s'attarda sur le physique de Frédérique : elle n'était pas exactement blonde, non, plutôt châtain clair, des yeux marron, un beau regard, effronté, imperceptiblement moqueur, une peau satinée... de blonde, oui, admettons. En fait, il l'avait trouvée plutôt jolie quand elle avait fermé les paupières pour s'exposer au soleil, dimanche. Plutôt jolie, mais sur le coup ça ne l'avait pas frappé. Le lendemain, lors de la visite de son appartement, de ses toilettes pour être précis, rien. Il ne lui avait prêté aucune attention. Si, tout de même, l'idée qu'elle était nue sous son peignoir ne l'avait pas laissé indifférent... Comment avait-elle dit, Hélène ? « Elle te regarde comme si je ne comptais pas. » Ah bon, songea-t-il. Il venait de traverser le jardin. Il poussa machinalement la porte et alla tout droit s'attabler dans la cuisine. Frédérique le regardait d'une façon particulière – ah bon. Cela réveilla en lui une curiosité qui ne sommeillait jamais que d'un œil. Bien plus qu'une curiosité : au fond, il était extrêmement touché qu'une femme pût le convoiter. Touché et reconnaissant. Chaque fois que la chose s'était présentée, dans sa vie déjà longue, cela l'avait entraîné dans des histoires étourdissantes qu'il avait brutalement interrompues parce qu'il ne parvenait pas à aimer deux femmes également comme il l'aurait voulu. Ni à mentir avec élégance. Des images érotiques de Frédérique le cueillirent dans sa cuisine. Mon Dieu, mais un instant plus tôt il aurait donné sa journée pour retourner vingt minutes au lit avec Hélène, et là, de s'imaginer seulement dénouant le peignoir de Frédérique il n'avait plus de souffle. À quelle allure la pensée vous embarquait-elle ! Et jusqu'où ! Il l'effleura que s'il avait le culot d'aller sonner chez Frédérique, là, tout de suite, il était assez probable qu'il lui retirerait *vraiment* son peignoir. Après cela tout était envisageable. Il pouvait se découvrir une attirance intarissable pour cette femme et assister, incrédule et penaud, à l'effritement de sa passion pour Hélène. Il se figura Frédérique allant et venant dans sa maison, et ce fut si présent, soudain, qu'il tourna la tête comme si elle allait entrer. Le rejoindre dans la cuisine. Elle sortirait de la salle de bains, les cheveux mouillés, sa jolie bouche d'abricot encore gonflée de la nuit, dans son peignoir mauve. Elle ne lirait pas le journal, elle s'intéresserait à son travail, en effet, lui poserait des questions idiotes sur le processus créatif, ou d'autres, plus indiscrètes, plus singulières, et elle écouterait ses réponses la tête légèrement penchée sur le côté. Oui, assise là, à la place d'Hélène. Il l'aimerait. Il la trouverait incroyablement attendrissante et sensuelle la tête penchée sur le côté, dans son peignoir mauve. Il l'aimerait, il l'aimait déjà. Il perçut nettement combien sa poitrine se remplissait de cet amour inouï. Alors il se fit la réflexion qu'il n'aimait plus Hélène, voilà, ça recommençait, il n'arrivait jamais à aimer deux femmes en même temps. À ce moment précis je ne l'aime plus, dit-il tout haut, pour voir. Et le constat ne suscita aucune protestation dans la salle. C'est bien ce que je pensais, poursuivit-il. Si l'amour se résume au désir, à l'élan, eh bien, ce mardi matin à, disons, neuf heures cinquante-deux, je n'aime plus Hélène. Je suis éperdument amoureux de Frédérique. C'était amusant, grisant, léger, on avait le droit d'en rire, mais ça n'était pas faux. Marc en ricana donc. Il s'amusa que du même appartement survînt celle qui « succédait » ainsi à Hélène. Mais alors il buta sur cette expression, *succéder*. Elle raviva en lui un malaise diffus. Est-ce qu'il ne l'avait pas employée le matin même, par hasard, avec la vague impression de commettre une maladresse ? Si, absolument, cela lui revenait. « Tiens, avait-il dit à Hélène, je te présente la jeune femme qui a pris ta succession. » Hélène avait légèrement blêmi, et lui n'avait pas compris, sur le coup, mais maintenant qu'il se repassait la scène il se rendait mieux compte du choc qu'elle avait subi. Tout le malentendu entre elle et Frédérique était parti de là, elle n'avait pu que répéter, stupéfaite : « Qui a pris ma succession ? » Mais pourquoi ? Pourquoi ce mot avait-il eu cet écho désastreux en elle ? Oh, putain ! hurla-t-il soudain. Oh, putain ! Mais quel con ! Il s'était levé comme un ressort et il allait à travers les pièces du bas. Il vint écraser son front contre le mur, au-dessus du téléphone, puis son poing, avec une violence invraisemblable. À Hélène, qui jouait si sournoisement avec la mort, il était allé parler de succession ! Et ç'avait été immédiat, naturellement, elle avait lâché prise, dévissé sous son nez, jusqu'au tréfonds du précipice. On allait lui prendre ses filles, son mari, sa maison. Tout. Elle avait pressenti cela depuis longtemps, depuis cette soirée du printemps dernier où elle n'avait pas pu s'empêcher de pleurer en songeant au chagrin d'Anna et de Colline après sa mort. Alors qu'elle n'allait pas mourir, bien entendu ! Cette fille, sa façon à lui de la présenter, elle avait interprété cela comme un lapsus. « Oh, mon chéri, tu ne vois jamais rien… »

Il fut tout près de l'appeler, mais elle était pire au téléphone qu'en vis-à-vis. On devinait qu'elle lisait carrément pendant que vous parliez, on l'entendait tourner des pages, remuer des papiers. Parfois, même, elle menait une autre conversation, et on percevait les pas de son interlocutrice, ou interlocuteur, à travers la pièce.

Marc disait : « Bon, excuse-moi, je te dérange.

— Un peu, mais dis-moi vite quand même. »

Comment faisait-on pour dire vite j'ai honte d'être si con, Hélène, j'ai voulu faire un bon mot, d'ailleurs, non, c'est même pas ça, c'est le mot qui m'est venu à l'esprit en te présentant Frédérique parce qu'il n'y en a pas d'autre, réfléchis, elle habite ton ancien appartement, comment tu dirais, toi ? et si je l'ai sollicitée c'est parce que je cherche ces graffitis que tu laissais sur les murs, au début, tu te souviens ? Tu vois, c'est pas du tout ce que tu crois, si tu ne me l'avais pas dit, jamais je n'aurais remarqué le regard de Frédérique. Puisqu'on en parle, est-ce que tu te souviens d'avoir griffonné des trucs dans les cabinets, par exemple ? Oui, dans ton ancien appartement. Hélène, enfin, tu sais bien que je veux écrire quelque chose sur toi, je te l'ai expliqué, ne me dis pas que tu as oublié...

Comment faisait-on ?

L'avoir simplement imaginée au ministère avait ramené Marc à son affaire. Pallavicini ! La veille au soir il avait essayé à six reprises et ça n'avait pas répondu. Il recomposa le numéro.

— *Pronto !*

C'était une voix de femme.

— *Parla francese ?* parvint-il à articuler, le cœur à cent à l'heure subitement.

— Un peu. Qui est là ?

Avec des précautions d'Inuit allumant un feu de brindilles sur la calotte glacière, il se mit à exposer son problème. Il s'exprimait lentement, haletant, avec des mots simples d'enfant, ponctuant chaque phrase d'un : « Vous me comprenez, madame ? — *Si, si, capisco.* »

Quand elle lui dit qu'elle était la fille de l'hôtelier, il réalisa que dans sa précipitation il ne l'avait même pas laissée se présenter – aussi bien elle aurait pu être la femme de ménage. Son père était hospitalisé, à l'heure actuelle, lui dit-elle, mais il y avait ici, dans sa chambre, certains documents datant de l'hôtel, et peut-être ce cahier, elle ne savait pas.

— Il ne l'aurait pas jeté après si longtemps ? s'enquit-il.

— Mon père ne jette pas facilement les choses.

Il l'entendit rire, et cette excellente nouvelle lui donna également envie de rire.

— Formidable ! dit-il. Je compte venir à Turin très vite, pourrai-je vous rencontrer ? Ou rencontrer votre père, s'il n'est pas…

— Mon père, non, il ne va pas sortir avant longtemps, il a des problèmes au cœur, vous savez, mais je peux lui en parler et nous pouvons nous rappeler dans les jours prochains si vous voulez…

— Attendez, demain je suis à Turin, et si vous aviez…

— Pardon ?

— Demain je suis chez vous, reprit-il plus calmement, à Turin, et si vous aviez une minute nous pourrions peut-être nous voir, je ne sais pas…

— Vous serez en Italie demain ? Demain c'est *mercoledi*, n'est-ce pas ?

— Oui, j'ai d'autres personnes à visiter, mentit-il, je viens souvent à Turin pour mon travail.

— Ah, je comprends.

Il était ivre d'excitation, jamais son cahier ne lui avait paru si proche.

— Comment pourrai-je vous joindre ? insista-t-il. Enfin, si je ne vous dérange pas.

— Non, non, ça va. Je vais vous donner un autre téléphone, ici, c'est chez mon père, vous avez de la chance de me trouver, je passais juste prendre des vêtements pour lui, pour l'hôpital.

Marc nota l'autre numéro, elle y serait, précisa-t-elle, à partir de quatre ou cinq heures. Elle avait deux enfants.

Pendant un bon moment il ne parvint ni à s'asseoir ni à réfléchir. Les choses se déroulaient encore mieux qu'il ne l'avait espéré. Le cahier était là-bas, naturellement, tout contribuait à le lui confirmer, cet hôtelier qui répugnait à jeter ses archives, cette femme remarquablement disposée à son égard… Il avait l'habitude, dans ce genre d'enquête, et il en avait mené de plus difficiles – pour retrouver notamment d'anciens compagnons de son père, maréchaliste puis OAS, ou le premier fiancé de sa mère, un amiral à la retraite, tout cela pour des romans qui lui avaient valu les lettres furibardes de tous ces vieux types –, dans ce genre d'enquêtes, quand les événements se liguaient pour vous pousser dans une direction, c'était généralement que le résultat était au bout.

La question était de savoir à quelle heure partir pour être à Turin en milieu d'après-midi. C'est à ce calcul qu'il n'arrivait pas à s'atteler, débordé par sa propre émotion. Finalement, il étala une carte, et en conclut qu'en prenant la route le lendemain matin à six heures il y serait largement.

Alors son emploi du temps s'organisa de lui-même. Tout de suite, il allait filer rejoindre Hélène, de toute façon, il était incapable de rester en place.

La première personne qu'il croisa en entrant au ministère fut Laurent Faure. L'attaché de presse faisait les cent pas sur le palier où était installée la machine à café. Il avait les cheveux sales et il fumait.

— Ah, tiens, Faure ! fit Marc. Comment ça va ?

— Oh, Marc ! Dis-moi, ça fait un bail...

— ... qu'on ne m'a pas vu, oui. Hélène est arrivée ?

— Elle est avec Ozanam. Tu prends un café ?

— Elle en a pour longtemps, tu ne sais pas ?

— Un quart d'heure... Vingt minutes...

— Merde !

— Quelque chose ne va pas ?

— J'ai un truc à lui dire... On étouffe, ici, non ?

— Viens dans mon bureau, si tu veux, ici, les fenêtres sont condamnées. Je te fais couler un café ?

— Avec plaisir.

La pièce sentait le tabac. Des piles de livres et de journaux jonchaient la moquette, et l'invasion se poursuivait jusque sur le bureau – Faure n'avait de libre pour travailler que l'espace de son buvard. L'abat-jour de sa lampe supportait des dizaines de post-it.

— Ça ne t'ennuie pas d'ouvrir un peu ? dit Marc.

— Ah oui, excuse-moi.
— Je ne comprends pas comment tu fais pour bosser dans ce bordel.
— Moi non plus, à vrai dire.
Et, tout en entrouvrant, Faure partit d'un éclat de rire qui se termina en quinte de toux.
— Ouahhh ! fit-il, reprenant péniblement son souffle et s'asseyant. À part ça, ça va, toi ? Hélène me disait que tu avais des soucis de gazon...
— Oui, j'envisage de changer la terre du jardin et de construire des terrasses.
— Ah, carrément ! s'exclama Faure tout en consultant ses post-it. Tu m'excuses, hein, j'ai une fille à prévenir... d'urgence.
Mais personne ne répondit et il raccrocha.
— Qu'est-ce qu'on disait ? Oui, ton gazon...
— La terre s'est beaucoup appauvrie, et puis de toute façon au fil des années la pluie l'emporte, ce qui fait qu'à la longue il ne reste plus qu'une espèce d'argile charbonneuse qui ne suffit pas...
— Putain, t'as quand même une vie géniale, quand on y réfléchit ! l'interrompit Faure. T'en connais beaucoup, toi, des mecs, des Parisiens, qui se prennent la tête avec leur gazon ?
— ...
— Souvent je t'envie, je l'ai dit à Hélène, du reste. Et en même temps je ne me vois pas vraiment rester à la maison toute la journée... Remarque, une année, j'ai essayé. Enfin, trois mois, avant d'être embauché ici. Entre *L'Express* et ici, je veux dire. J'ai pratiquement bouclé un roman... Quand j'y pense, c'est la meilleure période de ma vie...

— Tu peux appeler le bureau d'Hélène pour voir si elle y est ?

— Ah oui, excuse-moi… Combien tu mets, toi, pour écrire un bouquin ? poursuivit-il, le combiné sur l'oreille et se balançant en arrière.

Marc reconnut avec soulagement l'intonation d'Hélène. Il songea que Faure était presque parvenu à lui gâcher sa journée et que c'était exactement pour prévenir ce genre de catastrophe qu'il prenait soin d'éviter toute conversation, le matin, avant de se mettre à écrire, lorsqu'il faisait son petit tour dans le quartier.

Hélène ne bougea pas de derrière son bureau quand il entra. Elle avait récupéré du mobilier rouge et chrome des années 1950 qui semblait être disposé là comme le décor d'une scène dans laquelle elle aurait interprété le rôle d'une héroïne hitchcockienne, grave parce que se sachant menacée, d'une beauté tendue et retenue. Il fut frappé de ce qu'Hélène n'avait décidément pas un visage d'aujourd'hui.

— Ouf ! fit-il en fermant la porte, j'étais pressé de te retrouver.

— À cause de ce matin ? Mais je ne t'en veux pas, Marc…

— Non, à cause de ce con de Faure. Je vais partir à Turin, Hélène.

Son front se plissa, mais elle n'eut pas l'air réellement surprise. Plus tard, se repassant ce moment, Marc se dirait qu'elle avait réagi comme quelqu'un qui savait et il en conclurait qu'elle avait dû écouter le message téléphonique du San Carlo.

— Nous n'en avons pas reparlé, poursuivit-il, mais l'idée d'avoir oublié ton cahier m'est insupportable. J'ai rappelé l'hôtel, ils m'ont permis de joindre l'ancien propriétaire. Sa fille m'attend demain. Je ne sais pas pourquoi mais j'ai la quasi-certitude que cet homme a conservé tes lettres.

Il se tut. Elle paraissait réfléchir. Elle ne partageait visiblement ni son émotion ni son excitation.

— Marc, reprit-elle après un instant, et presque tout bas, comme si elle s'apprêtait à devoir le convaincre, je voulais te proposer… Enfin, si cette fille ne nous était pas tombée dessus ce matin, au café, je voulais te proposer autre chose. Ça ne t'empêchera pas d'aller en Italie ensuite. J'avais envie de te montrer la maison de mon père…

Elle s'arrêta là, et durant un moment guetta sa réaction.

— La maison…, commença-t-il. Enfin, Hélène, tu me répètes depuis des années qu'elle est en ruine, que ça te fait trop de peine d'y retourner. Tu m'as même dit qu'il n'y avait probablement plus une tuile sur le toit, qu'elle devait être envahie par les ronces et les rats.

— Oui, eh bien, j'ai quand même envie de te la montrer. Et aux filles aussi. Tu veux bien ?

— Mais évidemment !

Et puis il ne sut plus que dire parce qu'il se trouva tout à coup confondu par sa propre indigence. Comment avait-il pu prétendre écrire quoi que ce soit sur Hélène en oubliant, en ignorant cette maison ? Il projetait d'envoyer un peintre chez Frédérique pour récupérer d'improbables graffitis, et jamais il n'avait fait le voyage dans le Jura. Hélène avait constamment refusé de l'y accompagner, oui, et alors ? Il aurait très bien pu y aller seul. Après la mort de sa mère, elle avait été plus ou moins élevée par ses sœurs. Son père, lui, avait abandonné la partie pour se réfugier dans cet office de garde forestier. Plus tard, Hélène avait dû passer un ou deux étés auprès de lui, quelques week-ends d'hiver également, elle n'en parlait pas volontiers, comme si vous ne méritiez pas de partager de si précieux secrets. Et puis il était mort.

— Mais évidemment ! répéta-t-il.

— Et de toute façon, dit-elle en se levant, subitement ravie, lumineuse, c'est sur le chemin de l'Italie. Tu n'auras qu'à nous déposer au train pour le retour et continuer tout seul. Tu me prends dans tes bras ?

9

En fait, dès que la décision de partir fut prise, elle devint très nerveuse. Le soir même, Marc dut descendre trois grosses valises du grenier.

— Tu es sûre ? Juste pour le week-end…

Plus tard, il la surprit devant une de ces valises béante qu'elle avait remplie de couvertures. Elle se tenait au-dessus, les mains sur les hanches, le ventre en avant, son chignon de travers. À quoi pensait-elle ?

— Tu sais, on va plutôt dormir à l'hôtel, suggéra-t-il.

Elle le regarda comme elle regardait les types dans le métro qui l'accostaient. Il partit s'asseoir dans le jardin avec un livre et une lampe électrique.

Quand il rentra, un peu avant minuit, il la découvrit endormie. Elle ne l'avait pas attendu. Ni bonsoir ni rien. Elle s'était couchée dans un coin reculé du lit, sous la couette restée en boule depuis le matin. Quand il l'avait connue, elle avait cette habitude de se coucher là où se trouvait la couette, sans remettre en question le désordre des choses.

— Tu t'endors comme un animal, Hélène, observait-il le lendemain au petit déjeuner. On t'a jamais appris que dans un lit il y a un haut et un bas ? Et en plus, avec ton système, je ne sais jamais où me mettre.

Elle, sans lever les yeux de son journal :

— Ça ne t'ennuie pas de me laisser lire ?

Cette fois, il ne lui fit pas la remarque parce qu'elle était d'une humeur exceptionnelle. Elle avait pensé en se réveillant qu'ils pouvaient très bien faire rater une journée d'école aux filles et prendre la route dès le vendredi matin.

— Alors ça, pas question ! dit Anna. En plus, c'est la visite médicale, vendredi.

— Je croyais que tu étais pressée de la connaître, cette maison ? s'étonna Marc.

— Oui, ben on va pas rater la visite médicale, quand même !

— Anna, la visite médicale, c'est pour les enfants qui ne voient jamais le médecin. Toi, tu le vois régulièrement, c'est différent.

— C'est pas vrai, on l'a pas vu depuis au moins un an. La maîtresse a dit que c'était très important pour vérifier que les enfants grandissaient bien.

— Tu grandis bien.

— T'en sais rien du tout, t'es même pas docteur.

— Bon, d'accord, d'accord, Anna, intervint Hélène, j'ai dit une bêtise, on partira vendredi soir.

Anna en resta sans voix.

— Les bonhommes quand ils sont morts ils sont comme ça, fit alors Colline en se raidissant sur sa chaise, le cou tendu, les bras le long du corps.

— Vendredi soir on aura toutes les bagnoles, observa Marc.

— Tu crois ?

— Je ne sais pas.

— Quand on est mort on a les yeux ouverts, en plus, poursuivit Colline.

— N'importe quoi ! siffla Anna.

— Si, c'est vrai ! Le poisson de Jasmine il avait les yeux comme ça, tu vois.

Colline écarquilla les yeux en se raidissant de nouveau.

Anna haussa les épaules.

— Les morts c'est très gentil, d'abord.

— T'arrêtes avec tes morts ! T'es chiante, à la fin...

— Anna ! Tu ne lui parles pas comme ça.

— Mais elle m'empêche de manger...

— Quand est-ce qu'il est mort, le poisson de Jasmine ? s'enquit soudain Marc.

— L'autre fois. Même sa mère elle l'a mis dans la poubelle.

— Ah, d'accord.

— Parce que les poubelles on les jette dans la mer, tu vois, et les poissons ça leur fait du bien.

Marc chercha que dire qui ne ruine pas complètement les rêves d'éternité de Colline, mais elle enchaîna sans l'attendre.

— Le papa de maman il est dans son lit, là ?

— Il est mort il y a très longtemps, Colline, presque vingt ans.

— Oui, ben quand même il va être content de nous voir.

— On ne va pas le voir, ma chérie, intervint Hélène, quand les gens sont morts ils vont au ciel, quelque part dans un endroit où ils se reposent.

— Il va pas être dans ta maison ?

— Mais non, bien sûr ! Si tu veux, on ira au cimetière sur sa tombe.

— C'est là où on met les morts, Colline, précisa gentiment Anna, là où il y a toutes les croix, tu sais ?

Colline réfléchit. Ça devait lui dire quelque chose parce que aux dernières vacances de Pâques, en Provence, elles étaient entrées dans le cimetière du village avec leurs vélos, et une dame leur avait dit que ça n'était pas un endroit pour jouer. Plus tard, cette dame, qui connaissait Marc, le lui avait raconté.

— Tant pis, reprit Anna, si vous voulez faire un mot à la maîtresse pour la visite médicale, vous n'avez qu'à le faire, hein, dans la vie, de toute façon, c'est les parents qui décident.

Ils se levèrent exceptionnellement tôt le vendredi matin. Pour une fois, Colline put assister à la toilette de sa mère, assise sur la machine à laver, comme au bon vieux temps.

Elles riaient en sortant de la salle de bains.

— Mais ça c'est un secret de filles, dit Hélène, il ne faudra jamais le répéter à aucun garçon. Tu m'entends, hein ?

— Même pas à David et à papa ?

— Même pas, à aucun garçon.

Hélène eut son ricanement de voyou.

— C'est quoi votre secret ? dit Marc quand elles le rejoignirent dans la cuisine.

Il préparait la table du petit déjeuner avec Anna.

— Ah ! fit Hélène en simulant un vague pas de danse.

Elle était habillée d'un pantalon de treillis qui lui remontait légèrement entre les fesses.

— Il te va bien, ce truc, dit-il.

— Ne lui répète surtout pas, Colline, reprit Hélène en se mettant un doigt sur la bouche.

Anna vint coller ses lèvres à l'oreille de son père.

— Leur secret, lui souffla-t-elle, c'est que les filles ont des règles, elle me l'a déjà dit, maman.

— C'est pas un secret, ça, tous les garçons le savent.

— Ah bon…

Anna parut décontenancée.

— À mon avis, votre secret, dit Marc à la cantonade, c'est un truc pour énerver les garçons.

Mais Colline se mit à boire son chocolat, Hélène à feuilleter son journal, et ils oublièrent le secret.

Elle tournait les pages machinalement, ça n'avait pas l'air de l'intéresser autant que d'habitude. Au bout d'un moment, elle replia le journal et leva les yeux sur Marc.

— Ça va être bien, sur la route, on s'arrêtera souvent boire des cafés, tu voudras bien ?

— Oui, et fumer des cigarettes en se dandinant sur la musique des stations-service. Regardez, les filles, je vous montre votre maman.

Marc se leva et, avec une petite cuillère en guise de cigarette, il se mit à swinguer assez grossièrement.

— Pas du tout ! Pas du tout ! dit Hélène en se détournant.

— Ouais, et en plus, papa il sait même pas danser, s'esclaffa Colline.

— N'empêche, c'est vrai, maman, que tu fais tout le temps comme ça avec ta tête en arrière, dit Anna. Même la maîtresse elle m'a demandé si t'étais pas d'origine espagnole, elle a dit que tu ressemblais à une dame, une chanteuse, là, je sais plus qui...

— Tiens, c'est vrai, tu aurais pu faire chanteuse, dit Marc en se rasseyant. Quand elles étaient petites tu leur chantais tout le temps des complaintes de paysans, ou de marins, tu te souviens ? J'aimais bien.

— Des complaintes de veillée, mon chéri. Si tu avais été un petit peu scout tu les connaîtrais, c'est pas de ta faute.

— Chantes-en une, là.

Sans se faire prier elle entonna *J'ai pas tué, j'ai pas volé, mais j'ai pas cru ma mère ; j'ai pas tué, j'ai pas volé, j' voulais qu' chaque jour soit dimanche.*

Ce visage ! Elle avait l'air de penser à autre chose, peut-être à la pomme qu'elle était en train d'éplucher, elle ne mesurait pas du tout l'émotion qu'elle soulevait en Marc. Il lui arrivait ensuite de garder cette masse sur le cœur plusieurs heures, deux ou trois jours, parfois. Il ne s'en défaisait qu'en étreignant Hélène, à son grand désarroi, parce qu'il ne comprenait pas où se nouait exactement le lien entre désir et émotion, et pourquoi l'assouvissement du désir épuisait provisoirement l'émotion.

— Bon, vite, maintenant, les filles, montez vous habiller, j'aimerais bien pouvoir manger ma pomme tranquillement.

Marc les accompagna, il n'était lui-même qu'à moitié habillé. Tout était allumé à l'étage, les portes des chambres bâillant outrageusement sur un désordre douillet de jouets et de vêtements enchevêtrés, et comme le jour tardait à se lever cela lui rappela les matins d'hiver. Tiens, ça y est déjà, songea-t-il. L'hiver était une nuit qui n'en finissait plus, et les maisons des paquebots qui offraient aux femmes et aux enfants l'illusion qu'ils ne risquaient rien. Marc était reconnaissant aux maisons, à la sienne en particulier, d'apporter à sa famille ce sentiment de sécurité dont il semblait être le seul à posséder la conscience, et c'est pourquoi il s'imaginait volontiers en officier de quart. Il aimait faire son tour, s'assurer que le feu ne couvait pas, ici ou là, à cause d'une prise de courant défectueuse ou d'un oreiller tombé sur une lampe, vérifier que les robinets étaient bien fermés, que la baignoire ne se déversait pas dans l'escalier comme c'était arrivé le soir où Colline avait entrepris de faire nager sa grenouille. Ouvrir les volets lui revenait également. Il scrutait la nuit, attrapait un peu d'air, aujourd'hui il fait très froid, les filles, disait-il en refermant, il faut mettre des collants et des pulls, ou il pleut, ou on ne voit pas à dix mètres, vous ferez gaffe en traversant, vous vous donnerez la main, d'accord, Anna ? Mais ce matin-là il fut agréablement surpris par la teinte violacée du ciel, il s'était trompé, ça n'était pas encore l'hiver.

Ils quittèrent le quartier avant que les enfants des écoles ne déferlent dans les rues. Marc était assez excité de repartir sur les routes de France au volant de cette merveilleuse auto. La plus grosse des Peugeot à dire vrai, celle qu'utilisaient les ministres dix ou quinze ans plus tôt. Il l'avait achetée en Provence, d'occasion naturellement, elle avait appartenu, d'après le garagiste, au président du tribunal de Carpentras. Au *président*, ça n'était pas rien, même si Marc n'avait au fond aucune estime pour les magistrats, et même plutôt du mépris, mais on ne peut pas passer son temps à explorer ses sentiments, ni à les justifier. Quand Hélène et les filles étaient montées dedans pour la première fois, il n'avait pu se défendre d'une extraordinaire sensation de puissance. Peut-être parce que son père, VRP surendetté harcelé toute sa vie par les tribunaux, aurait rêvé d'une telle voiture pour placer ses éponges dans les cités lugubres des grandes banlieues. Peut-être. Quoi qu'il en soit la chose n'avait pas duré : la sensation de puissance. Elle avait petit à petit laissé place à la satisfaction de voir sa femme et ses filles s'alanguir dans cet intérieur de première classe aux accoudoirs de velours, pourvu d'appuis-tête, de liseuses individuelles et de tout le confort du Trans-Europ Express. Hélène pouvait étendre ses longues jambes, incliner le siège à volonté, et c'est ce qu'elle venait de faire ; à demi allongée sur le flanc, exactement comme dans un canapé, elle bavardait avec ses filles, à l'arrière.

Elle racontait qu'elle travaillait très bien à l'école, qu'elle avait toujours aimé l'école, que le plus beau jour de l'année, quand elle était petite, c'était celui de la rentrée scolaire. C'était vrai, elle n'avait jamais cessé d'être à la tête de sa classe, les documents l'attestant étaient aisément consultables dans les boîtes à chaussures, sous le lit. Toute sa scolarité n'avait été qu'une entreprise de séduction, têtue, forcenée. Puisqu'elle ne comptait pas pour grand-chose chez elle, elle allait compter à l'école, être la préférée des maîtresses malgré le handicap de sa blouse grise élimée, de ses socquettes en tire-bouchon et de son cartable en carton bouilli qui avait fait tous ses frères et sœurs avant elle.

Après son bac avec mention très bien (également consultable dans les boîtes à chaussures aux heures de bureau), elle avait quitté Pontarlier pour Besançon où l'entreprise de séduction avait repris de plus belle. La maîtresse, cette fois, se prénommait Colette, elle était professeur de droit à l'université et avait des ambitions politiques. Hélène était bien placée pour lui enseigner les ficelles de la séduction – Marc était persuadé que sans elle Colette n'aurait jamais réussi à se faire élire député.

Ils avaient passé les échangeurs, croisé des trains, doublé pas mal de poids lourds, et maintenant ils fonçaient vers le soleil qui arrivait de Moscou resplendissant et avait eu le loisir, entre-temps, de réchauffer les toits d'ardoise de Besançon.

— Mais pourquoi il t'a abandonnée, ton papa ? s'enquit soudain Anna.

— Il ne m'a pas abandonnée !

— Eh ben si, quand il est parti dans la forêt…

— Il m'a confiée à mes sœurs.

— Il aurait pu t'emmener, quand même, ça se fait pas dans la vie de laisser une petite fille.

— J'étais plus si petite, j'avais douze ans quand il est parti.

— Eh ben, Claire elle a quatorze ans et on la laisse pas toute seule.

— S'il m'avait emmenée avec lui je n'aurais pas pu aller à l'école, il a pensé à moi, au contraire.

— Ça je ne crois pas, non, trancha Anna, il aurait très bien pu rester avec toi.

Hélène chercha quoi répliquer pour sauver la mémoire de son père. Quand, des années plus tôt, Marc avait eu avec elle une conversation similaire, à ce point du débat elle avait prétendu que son père ne se remettait pas de la mort de sa femme. Sans doute estima-t-elle qu'Anna ne comprendrait pas l'argument car elle choisit plutôt de mettre en avant la fatigue.

— Il était déjà malade, ma chérie, dit-elle faiblement, pour sa santé c'était important qu'il soit au calme, qu'il respire le bon air de la campagne.

— Ah, fit Anna.

Bien sûr que si, son père l'avait abandonnée, mais plutôt que de le reconnaître elle avait planté Marc devant son café, à l'époque, et ils n'en avaient plus jamais reparlé.

— Quand tu veux, on s'arrête boire un coup, dit-il, comme pour faire écho à cet épisode.

Mais il vit qu'elle avait fermé les yeux et n'insista pas.

— Ça va, maman ? dit un moment plus tard Anna en lui touchant les cheveux.

Hélène lui attrapa la main.

— Mon Anna ! Comment on ferait sans toi ?

— Oui, ben sans moi t'aurais qu'une fille, observa Colline.

— Sans toi la vie serait comme une journée sans soleil, dit Marc.

— Ou un repas sans dessert, plutôt, ajouta Hélène en tendant un bras pour lui pincer sa cuisse ronde de petite fille.

— Tu connais la dernière ? fit Anna, qui collectionnait les blagues Carambar.

— Non, vas-y.

— C'est Colline.

— Ah… très drôle.

— Je peux en raconter une autre ?

— Une seule alors.

— Ya une bougie allumée sur une table et deux bonhommes assis, qu'est-ce qui font ?

— Je ne sais pas.

— La bougie.

— Quoi, la bougie ?

— La bougie fond.

Marc éclata de rire.

— Elle est vraiment bonne, celle-ci, dit-il.

— N'en raconte pas d'autres, Anna, fit Hélène, sinon, il va nous mettre dans le fossé.

Après Sens, ils quittèrent l'autoroute pour continuer par les départementales. Tonnerre, Châtillon, Gancey-le-Château, Fontaine-Française, Gray. Hélène voulait traverser Gray.

— J'aimerais bien traverser Gray, avait-elle dit à Marc quand ils s'étaient arrêtés à Tonnerre prendre un second petit déjeuner.

— On peut même s'y arrêter pique-niquer, si tu veux.

— Je ne sais pas, on verra.

Il n'était pas difficile de deviner qu'il s'était passé quelque chose à Gray dont elle ne savait pas encore, probablement, si c'était un bon ou un mauvais souvenir. Gray n'était qu'à cinquante kilomètres de Besançon et à cent de Pontarlier.

Il était largement l'heure du déjeuner quand ils y arrivèrent. Les commerçants étaient fermés, les rues vides, on aurait dit que la population avait fui, que les autorités s'attendaient d'un instant à l'autre à l'entrée d'une colonne allemande. Au bout de la rue principale, sur une vaste esplanade dont le gravier blanc éblouissait, trois ou quatre autocars avaient été laissés proprement stationnés en épi.

— Qu'est-ce que je fais ? dit Marc.

— Reprends la rue dans l'autre sens, je préfère qu'on s'en aille.

— C'est pas bien ?

Elle feignit de n'avoir pas entendu, ou pas compris. Il contourna les autocars en faisant agréablement crisser les pneus, se rengagea dans la rue principale, mais comme il longeait à faible allure un grand magasin, genre Nouvelles Galeries, dont les devantures concaves ponctuées de colonnes dorées rappelaient à Marc le Tunis de sa petite enfance, Hélène se reprit et lui demanda de monter sur la droite.

C'était une rue étroite. Il repéra un marchand de chapeaux puis un coutelier, et tout de suite ils furent sur une place animée où l'on ne se souciait pas de l'arrivée des Allemands. Des gens déjeunaient tranquillement en terrasse, dans l'établissement d'à côté, des groupes de lycéens plus ou moins assis les uns sur les autres riaient et fumaient. Comme des hordes de scooters rendaient le passage difficile, Marc immobilisa la Peugeot.

— Gray ne mourra pas, dit-il, la relève est assurée. C'est déjà ça, non ?

Hélène ne l'écoutait pas, elle fixait le café des yeux, quelque chose au fond du café, derrière ses lunettes noires.

— Le fils du patron voulait faire du cinéma, dit-elle, être cascadeur, un truc comme ça.

— Ah oui ?

— Il est là-bas, regarde, c'est le type avec la chemise rose.

Elle avait furtivement relevé ses lunettes.

— Derrière la caisse ?

— Oui. Il ne voit plus que d'un œil. Il a eu un accident en rentrant de boîte et la fille qui était avec lui est morte.

— Oh !

Marc se retourna ; Anna dormait et Colline ne semblait pas avoir entendu.

— Tu la connaissais, la fille ? chuchota-t-il.

— Un peu, Laurence Morel, son père avait le garage Mercedes.

— Et lui ?

— Christian.

Marc attendit, et, comme elle n'ajoutait rien, il dit :

— Anna dort, on va encore rouler un peu si tu veux, et puis on déjeunera quelque part au soleil. D'accord ?

— Oui, j'ai pris tout ce qu'il faut pour le pique-nique.

— Je n'en doute pas une seconde.

Elle lui fit éviter Besançon et ils déjeunèrent au bord d'une rivière. La route enjambait la rivière, juste au-dessus de leurs têtes, mais il ne passait qu'une voiture de temps en temps.

— Les gens voient très bien que c'est pas un vrai maillot que tu as, dit Anna.

— Oui, ben je m'en fiche, rétorqua Colline.

Elle s'était mise en culotte pour baigner sa poupée.

— Tu as bien raison, ma Colline, dit Hélène. Anna, tais-toi !

— J'ai pas envie d'être ridicule à cause d'elle.

— Enfin, il n'y a personne ! Et sa culotte est très mignonne, en plus.

— Les gens rigolaient, tout à l'heure, on voit ses fesses.

— Anna !

— Tu crois que c'est marrant d'avoir une sœur qui te fait tout le temps honte !

Marc hurla de rire, et Anna, qui devait tout de même se demander si sa colère était bien crédible, ne réussit pas à garder son sérieux.

— Ben c'est vrai, quoi, dit-elle en riant de biais.

Il était près de quatre heures, ils étaient rassasiés, le soir n'allait plus tarder, mais Marc n'avait aucune idée de l'endroit où ils dormiraient. Il avait pris soin depuis le matin de ne poser aucune question, de se laisser conduire par Hélène. C'est elle qui avait dit de prendre cette départementale minuscule dont pas une plaque n'indiquait la destination.

Il commença à ramasser les papiers gras, à ranger les provisions. Hélène observait Colline dans la rivière en pensant manifestement à autre chose. Elle ne semblait ni pressée ni nerveuse, plutôt satisfaite de la façon dont ils avançaient, aurait dit Marc. Mais il ne le dit pas, et c'est Anna qui le dit à sa place.

— On est bientôt arrivés, là ?

— Dans cinq minutes, entendit-il.

— Ah bon ! s'exclama Anna. Ben pourquoi on n'a pas pique-niqué devant ta maison alors ?

— Tu vois les arbres, là-bas ? Eh bien, c'est de l'autre côté, on traverse la forêt et on y est.

Anna avait bondi sur ses jambes.

— Vite, Colline, remets ton pantalon, on va voir la maison de maman.

C'était une forêt de bouleaux, hauts comme des cathédrales, où se répandait par flaques la lumière fatiguée de l'après-midi. On distinguait par endroits de belles clairières, des trouées de chemins rectilignes dont on ne voyait pas le bout.

— Dans les forêts y a des morts vivants, dit tout bas Colline.

— Tu m'embêtes avec tes morts vivants, ça n'existe pas, d'abord, répliqua Anna.

— Si, ça existe, même on les a vus avec David.

Deux ou trois ans plus tôt, David avait laissé Colline regarder avec lui un film d'horreur et, depuis, les morts vivants revenaient régulièrement la préoccuper. À chaque fois, cela ravivait la colère de Marc contre son fils. Mais, ce soir-là, l'évocation le fit confusément sourire par son à-propos : comment ne pas songer en effet au père d'Hélène qui avait hanté ces bois durant les dernières années de sa vie ?

— L'hiver avec la neige…, commença Hélène. Attends, ralentis… Ah, elle n'y est plus, reprit-elle. Tu vois, là-bas, il y avait une petite cabane pour les bûcherons, c'est là qu'on se mettait pour boire le café, dans un thermos.

Ils regardèrent tous dans la direction de la cabane. Deux sentiers se croisaient mais il n'y avait plus trace de rien.

— C'est dommage qu'on soit en voiture, dit-elle, je terminerais bien à pied.

— Vas-y si tu veux, on t'attend à la sortie.

— Non, on se promènera demain avec les filles. D'accord ?

Ils repartirent. Au débouché de la forêt ils aperçurent un clocher puis, très vite, les toits d'un village.

— C'est là, dit-elle, tu prendras la première à gauche.

Il tourna, la route grimpait légèrement et une première maison apparut, détachée du bourg en amont.

— C'est celle-ci.

Sous la surprise, Marc freina brutalement.

C'était assurément une pauvre maison, flanquée d'un appentis au toit moussu sous lequel, nota-t-il sans prendre le temps de s'y arrêter, on avait entassé du bois pour l'hiver, mais en aucun cas ça n'était une ruine.

— Je ne comprends pas, dit-il.

Anna et Colline, silencieusement dressées derrière eux, ne semblaient pas comprendre non plus.

Alors la silhouette d'un homme se matérialisa dans la véranda minuscule aux vitres cassées qui servait de sas à la porte d'entrée.

— Il y a quelqu'un ! hurla Anna.

Colline dut penser plus que jamais que les morts vivants existaient, mais la satisfaction d'en surprendre un, ou la simple curiosité, la retint de parler.

— C'est un de mes frères que vous ne connaissez pas, dit Hélène, il habite ici. Gare-toi, Marc, ne reste pas au milieu de la route.

Il se demanda si elle découvrait la chose ou si elle avait toujours su que ce frère habitait ici. Jamais elle n'avait été bavarde sur ses frères et sœurs. L'un était mort tragiquement à l'adolescence, elle l'avait dit une fois et n'y était plus revenue. La plupart semblaient avoir plus ou moins disparu de sa vie.

L'homme n'eut pas l'air surpris en la voyant descendre de voiture, il vint très simplement l'embrasser.

— Je te présente mes filles et mon mari, dit-elle. Et, se tournant vers eux trois : Mon frère, Joachim.

Il devait avoir une dizaine d'années de plus qu'elle, un long type au poil dru et court couleur de cendre. Il tendit la main et sourit – les filles, qui s'attendaient à un baiser, furent un peu désarçonnées –, mais on n'entendit pas le son de sa voix.

— On peut entrer ? s'enquit Hélène.

Là, il se contenta de hausser les épaules.

Hélène pénétra la première, suivie d'Anna et de Colline. Marc tenta de faire passer Joachim mais il se déroba.

— Vas-y, vas-y, fit-il.

Il parlait donc, et Marc reçut son tutoiement comme une marque de chaleur.

L'intérieur était sombre. Il leur fallut un moment pour découvrir la table, couverte d'une toile cirée sans âge, le buffet, trois ou quatre chaises rafistolées, le plafond étonnamment bas. Une porte s'ouvrait au fond sur une pièce qui devait être la cuisine, et juste avant cette porte s'élevait un escalier. La pièce sentait fort le tabac froid.

— Tu pourrais aérer de temps en temps, dit Hélène.

Il grogna vaguement et sortit de sa poche une pipe qu'il se coinça entre les dents.

— Venez, les filles, je vais vous montrer les chambres.

Marc les suivit, mais Joachim resta seul en bas, comme si la visite ne le concernait pas.

Dans la première chambre, qui donnait derrière la maison sur les vestiges d'un jardin – on reconnaissait des arbres fruitiers à l'abandon, un sapin, l'espace autrefois clos d'un potager... –, un lit double Empire avait été remisé dans un coin, près d'un lavabo. Il n'y avait pas d'autres meubles que ce lit. On avait commencé à arracher le papier peint mais l'opération n'avait pas été menée à terme, de sorte que l'endroit était assez misérable.

— Là c'est pas très beau, dit prudemment Anna.

Marc nota qu'elle surveillait attentivement sa mère.

— Ouais, c'est complètement foutu, renchérit Colline.

Hélène ne s'attendait pas à ce spectacle, elle leva le nez au plafond, manifestement mécontente, mais parvint à se dominer.

— L'autre chambre est plus jolie, dit-elle en sortant.

Elle était en effet plus accueillante. On y avait entassé quatre lits et sur les murs lambrissés, comme c'était la mode dans les années 1970, étaient encore punaisées des affiches de Claude François et de Joe Dassin.

— T'as vu, maman, c'est Joe Dassin, observa Anna en venant à sa façon se lover contre le flanc d'Hélène.

— Ben, oui, parce que maman elle l'aime bien, dit Colline.

— C'était ta chambre ? demanda Marc.

— Celle des filles, les garçons dormaient en bas.

Il y avait donc une autre chambre en bas, celle qu'occupait sans doute Joachim.

— Mais attends, fit Marc, pris d'une illumination subite, cette maison, vous l'aviez déjà du temps de ta mère ?

— On l'a toujours eue, mon grand-père était garde forestier.

— C'est là que tu venais en vacances quand tu étais petite ? s'enquit Anna.

— Voilà. On passait tout l'été ici. Papa s'occupait du potager, on avait aussi des pommes et des poires dans le jardin. Et des poules.

Ils redescendirent. Entre-temps Joachim avait ouvert la fenêtre. Elle donnait sur l'herbe du talus, la route était tout de suite là.

— J'ai apporté des provisions, dit Hélène ; tu nous aides à décharger, Joachim ?

Les deux gros sacs Tati qu'elle avait fait porter à Marc, c'était donc ça, de l'épicerie.

— Il faut sortir les valises, aussi, j'ai pris des draps et des couvertures.

Marc observait Joachim penché avec sa sœur sur le contenu du coffre de la Peugeot. Les mêmes traits tendus qu'Hélène, en plus accentués, en plus frustes. Un visage monacal, austère et beau. Il lui fit songer à certains personnages de Bergman.

Ils acheminèrent ensemble les provisions. Les longues étagères de bois de la cuisine qui avaient dû porter autrefois les pommes fripées du jardin, les bocaux de tomates et d'oignons, croulaient maintenant sous des piles de vieux journaux qu'Hélène débarrassa sans demander son avis à Joachim. Elle fut agacée d'apprendre qu'il n'y avait plus de réfrigérateur – Joachim l'avait vendu – et que le four de la cuisinière ne fonctionnait plus.

— Comment tu fais sans frigidaire ?

Quelle question ! Il ne se nourrissait visiblement que de pommes de terre et de café sucré.

Quand tout fut rangé, elle dit qu'on allait faire les lits. Anna et Colline attendaient ce moment : sans lits, elles n'avaient aucun espace où s'accrocher. À l'hôtel, c'était la même chose, elles attendaient qu'on leur désigne leur lit pour se mettre à vivre et à rayonner.

C'est ce qui se passa. Aussitôt leurs lits faits, elles répandirent dessus, et puis autour, tout ce qu'elles avaient apporté : plusieurs Barbie, leurs enfants et leur garde-robe pour Colline, ainsi que de la vaisselle transportée dans une petite valise d'osier, des livres et de la musique pour Anna. Colline se mit à chanter d'une voix beaucoup trop haut perchée, comme seules chantent les princesses dans les insupportables films de Walt Disney qui la laissaient, elle, tremblante d'émotion. Elle était assise en tailleur sur sa couverture et elle coiffait Cindy, les longs cheveux blonds en nylon de Cindy. On sentait que même la misère du Bangladesh n'aurait pas pu l'empêcher de coiffer Cindy dès lors qu'elle était sur son lit. Anna s'était collé un casque sur les oreilles pour écouter Lorie, *Je serai ta meilleure amie* – ou ne plus entendre Colline qui la mettait hors d'elle quand elle chantait.

Pendant qu'ils faisaient le lit double, Joachim apporta une lampe et une table de nuit.

— Remonte aussi la table et la chaise, s'il te plaît, lui dit Hélène, il n'y a plus aucun endroit pour écrire, dans cette chambre.

— La table et la chaise ? répéta-t-il.

Puis il tourna les talons et un instant plus tard ils entendirent claquer la porte d'entrée. Il était parti.

— J'ai l'impression que tu lui fais un peu peur, observa Marc, ou que tu l'emmerdes, je ne sais pas.

Alors elle, feignant de n'avoir pas entendu :

— Ça va aller ? Tu ne préfères pas dormir à l'hôtel ?

— Non. On descend un peu au jardin ?

L'herbe leur arrivait aux genoux. Parvenue près du potager, elle s'assit sur un banc de pierre à demi enfoui que lui n'avait pas vu.

— Tu t'assois avec moi ?

Avec la venue du soir, la terre exhalait un parfum râpeux de foin.

— L'hiver prochain, il faudra tailler les arbres fruitiers, sinon, ils vont finir par crever, dit Marc. Si tu veux, je le ferai.

Elle regardait fixement la façade de la maison. La gouttière s'était détachée au-dessus de leur chambre, les solives étaient pourries, les tuiles ne tarderaient pas à dégringoler.

— Demain matin je faucherai l'herbe, dit-il. Tu sais s'il y a une faux, ici ?

— André t'en prêtera une, je t'accompagnerai.

— C'est qui, André ?

— La première ferme sur la droite quand tu entres dans le village.

— Et je pense qu'il faudrait aussi abattre le sapin, il a été planté trop près de la maison.

— Oui.

— Il y a une tronçonneuse ?

— Il est haut, comment tu vas faire ?

— Le couper par morceaux en partant du faîte.

— Joachim a une tronçonneuse, dit-elle, il est bûcheron. Enfin, on le laisse bûcheronner.

Ils entendirent sonner sept heures.

— Je vais préparer le dîner, dit Hélène en se levant. Reste un peu dehors, c'est joli, non ?

Elle eut un sourire fragile, à fleur de visage, et sans laisser à Marc le temps de répondre elle s'éloigna. Il la vit progresser dans les herbes hautes, cambrée, décidée, comme en colère. Le jardin montait, on aurait dit une marée, il engloutirait la maison tôt ou tard. C'était évident.

Marc mettait le couvert avec Anna quand Joachim reparut.

— Bienvenue chez toi, dit-il pour dissimuler son embarras.

Joachim n'eut pas l'air de comprendre. Il sortit sa pipe puis la renfourna dans sa poche.

— On prend un verre de vin ? proposa Marc en lui désignant une chaise.

Ils s'assirent. Anna était debout, arrimée par un bras au cou de son père.

— Tu es tous les jours dans la forêt ? demanda Marc.

— L'été y a pas trop de travail, c'est surtout l'hiver.

— Alors l'été tu fais quoi ?

— Ça dépend. Des fois je reste là à lire le journal.

— Avec ta pipe, ajouta Marc en souriant. Tu peux fumer, tu sais, nous, ça ne nous dérange pas.

— Binette aime pas trop, fit-il avec un mouvement de menton en direction de la cuisine.

Marc servait le vin.

— Binette, c'est ta chatte ? s'enhardit Anna.

— Non, Binette, Hélène, dit Joachim en renouvelant sa mimique.

— C'est maman, Binette ? insista Anna comme si elle n'en croyait pas ses oreilles.

— Vous l'appelez pas comme ça ?

Anna fit non de la tête en baissant les yeux sur Marc.

— On l'appelle Hélène, dit-il. Mais Binette, ça lui va bien, c'est mignon.

Joachim eut l'air un peu interloqué.

— Toi, t'as combien d'années de plus que maman ? demanda Anna.

— Ça, j'en sais rien du tout !

Anna en resta un instant sidérée, puis elle se mit à observer Joachim par en dessous, comme si elle le soupçonnait d'être un voleur.

— Tu sais pas combien d'années t'as de plus que maman ? répéta-t-elle sur le ton de la menace, mais aussi pour lui donner une dernière chance.

— Ben non, tu vois…

— Ils sont treize, dans sa famille, dit Marc.

— Oui, ben quand même, il pourrait connaître la date de naissance de maman, s'écria Anna, outrée. Dans les familles, les frères et sœurs ils savent les anniversaires.

Puis, réalisant qu'elle avait dit cela devant Joachim, elle rougit et regarda ailleurs.

— Anna aime bien qu'on respecte les règles, remarqua Marc en souriant.

— J'en connais une autre, dit Joachim, dont le visage lui apparut soudain étonnament fermé.

Marc se demanda de quelle façon Joachim aimait Hélène, et puis l'idée le traversa qu'il ne l'aimait peut-être pas. Joachim, se dit-il, semble être tombé en panne quelque part entre l'enfance et l'âge adulte, il paraît incapable de prêter attention aux autres, d'éprouver un quelconque plaisir en leur compagnie. Qu'est-ce qu'on lui a fait, petit, pour le laisser dans cet état ?

— C'est peut-être ça qui a sauvé Hélène, reprit Marc, le respect des règles, faire toujours comme si les choses avaient un sens.

Joachim le considéra d'un œil vide.

— Pourquoi sauvée ? dit-il après un moment. Elle a eu un accident ?

— Non, enfin, je ne sais pas. Tu reprends du vin ?

Anna était partie et Marc l'entendit raconter à Hélène cette chose incroyable, que son frère ne connaissait pas la date de son anniversaire. Alors seulement il comprit pourquoi on avait surnommé Hélène Binette : Anna devait être la réplique de sa mère enfant, elle ne lâchait jamais prise, elle binait inlassablement son petit arpent pour en arracher les désordres, lui prêter malgré tout un air de décence.

Elles appelèrent Colline et on se mit à table. Hélène avait fait une soupe. Joachim mit du pain dedans.

— Tu manges comme papa, dit Hélène.

— Ah ouais ?

— On dirait pas que t'es le frère de maman, intervint Colline.

— Ça, c'est vrai, convint Anna sans lever les yeux de son assiette, tu lui ressembles pas du tout.

Puis elles se turent et plus personne ne parla. Marc voulut demander depuis combien de temps ils ne s'étaient pas vus, Hélène et lui, mais il n'osa pas. En débarrassant les journaux, un peu plus tôt, il avait reconnu l'écriture d'Hélène sur plusieurs vieilles enveloppes, ce qui prouvait qu'elle se manifestait régulièrement. Peut-être même passait-elle de temps en temps faire le ménage et déposer des provisions, mais puisqu'elle ne l'avait jamais associé...

— Mais toi, reprit Colline, t'es en vacances, là, ou t'habites tout le temps dans cette maison ?

— C'est ma maison, j'en ai pas d'autre.

— Parce que nous, tu vois, on va à l'école à Paris et pour les vacances on va dans une autre maison.

— En Provence, compléta Anna, en ayant l'air de se demander pourquoi elle se donnait cette peine.

De fait, Joachim paraissait s'en fiche complètement.

Après sa soupe, Colline dit qu'elle n'avait plus faim et elle remonta dans leur chambre.

Anna resta et, insensiblement, rapprocha sa chaise de celle d'Hélène tout en jetant des regards furtifs et noirs à l'homme qui mangeait en face d'elle.

Marc songea que comme lui, certainement, Anna avait du mal à admettre que le frère et la sœur n'aient rien à se dire, qu'ils ne se manifestent aucune tendresse, aucune chaleur.

Puis Joachim partit sur la route fumer sa pipe et ils couchèrent les filles. Colline observa que lui, là, il était pas très gentil.

— C'est mon frère, la corrigea vertement Hélène.

— Oui, ben c'est vrai qu'il est pas très gentil, abonda Anna.

— C'est pas sa faute.

— Ah bon ? fit aussitôt Anna.

Mais ce qu'elle espérait ne vint pas, Hélène ne dit pas de qui c'était la faute ni de quoi souffrait exactement Joachim.

C'est une fois allongés, dans ce lit démoli qui les précipitait l'un contre l'autre, qu'elle se mit à raconter à Marc combien elle était heureuse de retrouver son père dans cette maison, certains week-ends, au printemps surtout. Elle était étudiante à Besançon, lui vivait ses dernières années, ses derniers mois. Elle avait acheté d'occasion, et à crédit, une vieille Peugeot 204 break et elle prenait la route le vendredi soir. L'hiver il faisait nuit tout au long du trajet et elle devait être attentive aux vélomoteurs qui n'étaient pas éclairés, aux bêtes qui traversaient ou broutaient sur les talus, aux tracteurs, aux remorques. Mais, l'été, elle mettait la musique à fond et roulait en chantant, de sa jolie voix, les vitres baissées, dans le vent tiède et le flamboiement du couchant. Il l'attendait pour souper. Il guettait même le bruit de sa voiture tant il était impatient, soudain, de la voir arriver. Le bruit du moteur, tu sais, au moment où l'on rétrograde pour quitter la départementale de la forêt et s'engager sur la petite route du village. Il lui ouvrait grands les bras, il disait ma chérie tu illumines mes vieux jours. Lui qui l'avait abandonnée – arrête de dire ça, Marc, il ne m'a pas abandonnée –, lui qui l'avait abandonnée disait maintenant ma chérie tu illumines mes vieux jours. Marc n'eut aucun mal à imaginer combien Hélène devait être lumineuse, en effet. Contre vents et marées, elle était parvenue *in extremis* à se faire chérir de ce vieillard éreinté par la vie. Oui, elle connaissait toutes les ficelles pour séduire les plus récalcitrants, pour se rendre charmante, irrésistible, et ce qui était magnifique c'est que plus elle sentait le succès à portée de main, moins elle avait à se forcer : elle devenait alors naturellement lumineuse car, se découvrant aimée, elle se mettait à son tour à s'aimer.

Le matin, après le café, ils partaient ensemble pour la forêt. Elle lui avait apporté de Besançon le saucisson qu'il aimait, des friandises, du chocolat amer, du tabac fin pour sa pipe. Elle préparait le pique-nique, n'oubliait ni le vin ni le thermos de café, et casait le tout dans un vieux sac à dos qu'il tenait absolument à porter. Il prétendait que ça l'équilibrait. Ils marchaient en se donnant la main. Elle avait dix-huit ans, vingt ans, lui plus de soixante-dix. Ça va, papa ? demandait-elle. Il n'avait plus beaucoup de souffle, il économisait ses forces, évitait de parler en marchant, mais pour aller, ça allait, oui, jamais il n'avait été aussi heureux, aussi confiant. Après avoir fait tous ces enfants, il découvrait enfin le plaisir d'être père. En mangeant son pain et son saucisson, il l'écoutait raconter ce qu'elle voulait bien dévoiler de sa vie, peut-être un garçon de temps en temps, son amitié grandissante pour

Alicia, dont le père venait de rentrer au Chili, l'estime de Colette, sa professeur de droit, qui l'aidait à grandir, à se construire une image flatteuse d'elle-même. Sans doute le vieil homme s'étonnait-il secrètement d'être à l'origine de ce miracle, de cette apparition : l'alliance inespérée de la beauté et de l'intelligence. Le mot « miracle » était assurément le bon puisqu'il n'avait pas fait grand-chose pour ce résultat. Hélène lui avait caché les soirs à grelotter devant la porte close de telle ou telle sœur qui l'avait momentanément recueillie mais dont la charité n'allait pas jusqu'à lui passer une clé, les trajets en auto-stop à treize ou quatorze ans, Pontarlier-Marseille, Pontarlier-Saint-Jean-de-Luz, parce qu'elle n'avait pas un sou pour le train, l'indécence des hommes dont personne ne l'avait jamais protégée, la voleuse qu'elle était devenue parce que lui, son père, ne donnait rien pour l'habiller et si peu pour la nourrir... Un jour, après le pique-nique, il s'était levé pour reprendre la promenade, et alors elle l'avait vu s'abattre de toute sa hauteur, comme foudroyé. C'était l'un des rares souvenirs dans lesquels elle se noyait, comme elle avait dû se noyer ce jour-là. Perdre pied. Elle l'avait certainement secoué en appelant au secours, en sanglotant. Et puis il avait repris connaissance et ils étaient retournés lentement, elle silencieuse, le cœur glacé. Il était mort quelque temps plus tard.

En se réveillant, ce matin-là, Marc dit à Hélène qu'il se sentait fragile d'être trop près d'elle, trop habité d'elle, qu'il craignait même de ne plus pouvoir lui faire l'amour tellement elle le troublait.

— Qu'est-ce que tu vas faire, alors ? dit-elle, sans se retourner, et en espérant sans doute qu'il ne répondrait pas et la laisserait se rendormir.

— Je vais récupérer ton cahier à Turin et me mettre à écrire.

Un peu plus tard ils s'habillèrent. Ils entendirent Colline chanter derrière la cloison. Anna devait lire, son casque sur les oreilles. Depuis qu'Hélène avait cette maladie, qui par moments l'épuisait, elles avaient pris l'habitude de ne pas faire de bruit le samedi pour la laisser dormir.

Joachim était déjà levé. Ils le trouvèrent attablé devant le journal. Le matin, la maison sentait le moisi.

— Les nouvelles sont bonnes ? s'enquit Marc.

Mais, en jetant un œil par-dessus son épaule, il vit que le quotidien était vieux de sept ans. Joachim lisait un article sur le pèlerinage de François Mitterrand à la roche de Solutré ; cette année-là, le président, qui allait bientôt mourir, avait eu du mal à gravir la pente.

Hélène avait pensé aux confitures, aux brioches, aux œufs à la coque, aux oranges pressées, aux céréales. À tout, quoi.

Quand Anna demanda à Joachim, l'air un peu pincé, s'il voulait bien enlever son journal, il s'exécuta. Elle lui glissa une assiette sous le nez, disposa le reste.

— Toi, dit-elle, t'as d'abord un œuf à la coque, maman a dit que tu mangeais comme Colline.

C'était bon, ils avaient faim, et, comme Joachim intimidait les filles, ils déjeunaient tous les cinq en silence. Après son œuf, Joachim découvrit son verre de jus d'orange.

— C'est pour moi, ça ? fit-il en s'adressant à Anna.

— Ben oui, tiens, et puis t'as aussi des brioches si tu veux.

Marc l'observa boire son jus d'orange. Il prenait une gorgée, et aussitôt après il regardait ce qu'il lui restait. C'est ce geste qui raviva soudain en Marc une émotion lointaine. Mon Dieu, son père le faisait ! Et puis lui, petit, et ses frères et sœurs. Mais bien sûr ! C'était un truc de familles nombreuses, un geste d'enfants enrégimentés, rationnés. Jamais il n'avait vu David et ses sœurs le faire, ses enfants à lui vidaient leurs verres d'un trait sans se poser de questions, ensuite ils avaient les yeux pleins de larmes d'avoir bu trop vite.

Marc était touché, stupidement, se disait-il, pour ça, rien du tout, mais il ne parvenait pas à détacher son regard de Joachim. Il ne mangeait plus qu'au ralenti, peu à peu, paralysé par l'émotion.

Quand le verre fut fini, il dit à la cantonade, comme si ça allait de soi :

— Je vais encore presser quelques oranges, qui reprendra du jus ?

Alors Hélène :

— Mais pourquoi ? Tu n'as même pas touché au tien… Ça ne va pas, mon chéri ?

Il prévint Joachim qu'il allait faucher l'herbe du jardin, c'était une façon, pensait-il, de l'associer à l'entreprise, mais Joachim parut véritablement tomber des nues – faucher l'herbe, ah bon ? Quelle idée ! lut-on dans ses yeux – et aussitôt la table desservie il reprit la consultation de son vieux quotidien plutôt que de les suivre dehors.

Ils montèrent avec les filles jusqu'à la ferme d'André. Le ciel était laiteux. Hélène observa que c'était souvent comme ça le matin, ici, et qu'ensuite ça pouvait se dégager ou se gâter.

— Ça on s'en doute, on voit mal ce que ça pourrait faire d'autre, rétorqua Marc.

— Crétin, fit-elle.

Elle voulut lui donner un coup de pied mais manqua sa cible.

Ils trouvèrent André dans sa cour, un bel homme d'une quarantaine d'années en chemise canadienne et jean.

— Comment ça va, Binette ? fit-il en l'embrassant comme s'il l'avait vue la veille.

— Tiens, je te présente mon mari et mes filles.

Sourires, poignées de main.

— Et ton papa ? s'enquit Hélène.

— Le père, ça va pas trop fort… Qu'est-ce que je peux faire pour toi, dis-moi ?

Il était pressé. La faux se trouvait dans l'atelier, derrière. On n'avait qu'à se servir et la remettre à sa place.

— Enfants on se parlait pas, dit Hélène quand il eut disparu. Le père d'André avait mis un grillage, il prétendait qu'on lui volait ses pommes.

À midi, Marc avait fauché les deux tiers du jardin. Ils déjeunèrent sur l'herbe coupée. Ça ne s'était ni gâté ni dégagé, l'activité du ciel semblait s'être momentanément interrompue. Sans le clocher, on aurait pu croire que les horloges aussi s'étaient arrêtées, que le bon Dieu avait jeté l'éponge. Il était impossible de situer précisément le soleil et seul le rugissement lointain d'une tronçonneuse – celle de Joachim, parti pour la forêt en milieu de matinée – perçait à intervalles la densité cotonneuse.

L'horizon s'assombrit par l'ouest en début d'après-midi tandis que Marc terminait de faucher. En se retournant, à un moment, il vit que Joachim renversait une brouette de bûches au milieu de l'espace qu'il venait de dégager. Puis le bûcheron posa là son billot et commença à fendre ses rondins.

Quand Marc regagna la maison, il les découvrit toutes les trois en train de jouer aux cartes. À la bataille, lui précisa Colline. Il faisait sombre, elles avaient allumé, et Hélène avait planté des bougies un peu partout, comme d'habitude. Elle avait donc également pensé aux bougies.

— Tu joues avec nous, papa ? fit Anna.

— D'abord je monte me laver.

Il se mit torse nu devant le lavabo de leur chambre et entreprit de se dépoussiérer avec un gant humide. Demain matin, songea-t-il – et aussitôt son pouls s'accéléra –, je les dépose au train et je file sur Turin – j'y serai le soir. Sous la fenêtre ouverte, Joachim fendait ses bûches, le son mat de la cognée se répercutait jusque dans les fondations de la maison. Marc s'approcha et le vit frapper. Tiens, c'était la dernière bûche. Joachim jeta la hache sur le côté et, fatigué, contempla le travail accompli. Il se présentait de profil, les mains sur les hanches, et quelque chose dans ce profil retint immédiatement l'attention de Marc. Quelque chose d'extrêmement intime, d'extrêmement familier. Oh ! fit-il doucement. Ça y était, il venait de trouver : Joachim avait la même façon que lui de se tenir et tout provenait de l'échine, oui, tout provenait de ce dos qu'on aurait dit fléchi sous le poids d'un fardeau. On aurait été bien en peine de raconter le fardeau, de le décrire, mais il était là cependant puisque Joachim ne se redressait pas. Alors, comme s'il voulait s'assurer que lui non plus ne se redressait pas, Marc chercha discrètement son profil dans la petite glace, là-bas, au-dessus du lavabo. Et voilà, il n'y avait plus aucun doute, maintenant, ils étaient curieusement semblables, ployant l'un et l'autre sous une charge invisible, tout juste imaginable.

Pour la seconde fois depuis le matin, Marc sentit l'émotion le gagner. Mais il s'y mêlait à présent l'enthousiasme incrédule d'assembler les dernières pièces d'un long puzzle. Il était en train de réaliser que, s'il reconnaissait en Joachim un frère lointain, la ressemblance n'avait pas pu échapper à Hélène. Dix ans plus tôt, observant Marc depuis sa fenêtre, elle aussi, Hélène, avait évidemment reconnu en lui un homme de sa culture, un homme issu de cet univers si particulier des familles nombreuses, des enfants non voulus, des enfants dont l'existence est une plaie qui ne cicatrise jamais. « Qu'est-ce que tu voulais qu'on fasse de vous ? On n'allait pas vous mettre à la poubelle, quand même ! » avait rétorqué sa mère à Marc, dans un brusque élan de sincérité. Il était encore adolescent et il s'était dit que son air accablé, son dos voûté, venait probablement de l'embarras qu'il avait causé à ses parents. Avait-on également expliqué à Joachim qu'on avait hésité à le mettre à la poubelle ? Ou que l'ayant finalement repêché, contre mauvaise fortune, etc., il avait été constamment décevant ? Peu importe, le résultat était là, ils se ressemblaient comme des frères.

Tandis que Joachim chargeait sans hâte sa brouette, avec cet accablement dont il n'avait pas trouvé le moyen de se défaire, Marc songea qu'Hélène l'avait conduit à dessein jusqu'à cet homme. Pourquoi avait-elle mis ses pas dans les siens dix ans plus tôt, se demandait-il, avec une résolution que rien ni personne n'avait jamais pu entamer ? Il avait désormais une explication.

Hélène n'en dirait pas plus, pas avant longtemps. C'était bien dans sa façon de lui présenter ce frère au moment où il prétendait écrire tout un livre sur elle. Il aurait pu ne rien voir, par chance, il avait vu.

En redescendant, il s'assit entre ses filles et se fit donner des cartes. La bataille, songea-t-il, vous repose de la vie – quoi que vous fassiez, quoi que vous disiez, vous ne comptez pour rien dans le succès ou l'échec, vous demeurez d'un bout à l'autre spectateur de votre destin.

Après la seconde victoire de Colline, et en dépit des protestations d'Anna, ils décidèrent d'arrêter. La pluie s'était mise à tomber doucement et par la fenêtre ouverte leur parvenait l'odeur tiède du goudron mouillé.

Colline monta dans sa chambre. Anna dit c'est pas juste, et puis à son tour elle s'en alla. Ils entendaient Joachim empiler son bois sous l'appentis.

— Alors demain je vous dépose à la gare ? dit Marc.

— Tu vas à Turin, vraiment ?

— J'ai prévenu cette dame que j'y serais lundi, elle m'attend.

— Ce que tu aimerais, commença lentement Hélène, c'est t'installer dans notre chambre, là-bas, à l'hôtel, et lire tout doucement ce que je t'écrivais. Je suis sûre que tu rêves de ce moment et qu'au fond tu le préfères à celui qu'on a vécu ensemble.

— Je ne sais pas.

— Si, tu sais. Mais le problème, c'est que la chambre n'existe plus et que tu as perdu le cahier. Pauvre Marc.

Elle lui souriait en le regardant de côté, en se moquant. Elle venait de retrouver, sans le vouloir, une expression qu'elle avait perdue au fil des années.

— Hélène..., fit-il.

Mais elle ne le laissa pas parler.

— Pour la chambre, ils n'ont pas pu tout détruire. Tu retrouveras au moins la fenêtre, la vue sur la place San Carlo, peut-être même le grand miroir, tu te souviens ? Je t'envie quand j'y pense. J'aimerais que ça se passe exactement comme tu l'imagines, que tu ne sois pas déçu, que ça soit, comme d'habitude pour toi, bien mieux que dans la réalité.

Elle se tut.

— Attends, reprit-elle, reste là, je reviens tout de suite... Tu m'attends, hein ? Tu ne bouges pas.

Elle monta dans leur chambre, il l'entendit traîner son sac de voyage sur le plancher. Puis elle reparut dans l'escalier. Il ne distingua pas ce qu'elle tenait dans la main et ensuite, tout alla très vite.

— Tiens, dit-elle, maintenant, je veux bien te le rendre.

Elle lui tendait son cahier.

— Oh ! fit-il. Oh ! tu l'avais pris…

Sur le coup, il le serra un peu bêtement contre lui.

— Je ne voulais pas que l'hôtelier tombe dessus…

Et, après un silence :

— Comme ça, tu l'auras pour Turin.

Elle vit qu'il l'ouvrait, qu'il allait sans attendre lire quelques lignes ici et là.

— Je sors marcher sur la petite route, dit-elle, en direction de la forêt. Tu me rejoindras ?

— Oui, dans cinq minutes. Dans cinq minutes, répéta-t-il.

Il était ailleurs, déjà, légèrement essoufflé. C'était incroyable comme son écriture lui était devenue familière, maintenant il la déchiffrait au premier coup d'œil.

« Il faut que tu me réexpliques, lut-il, pourquoi tu trouves que je suis une personne bien. J'ai oublié. Ça me fait très plaisir que tu le dises, que toi tu le dises. Mais je veux que tu le réexpliques, ou que tu l'écrives, pour que je puisse passer des heures à y réfléchir. »

Mon Dieu, comme ils étaient jeunes ! songea-t-il.

« Maintenant, à partir de maintenant, lut-il encore, je vais éviter de me démonter sous tes yeux, de me décortiquer pour voir si ça te dégoûte, ou si ça t'effraie. C'est tout le contraire que je veux. J'ai l'idée, maintenant, que si je te perdais je n'aimerais plus vivre. »

Et, quelques lignes plus bas :

« Ça ne m'avance guère que tu me dises (j'adore) que je ne te fais pas peur. Qu'est-ce que tu y peux si moi je me fais peur ? »

Il tourna plusieurs pages.

« Je me suis trouvée belle dans la glace, au-dessus des fesses, mon dos, tu sais. C'est bien que tu l'aies dit, comme ça, tout doucement. »

Voilà, ça, c'était à Turin.

Un peu plus loin, elle écrivait :

« Je vois que tu es très malheureux, aliéné par des chagrins, en colère de l'intérieur. Tu as peur qu'on te vole David et Claire. Je vois ça, je ne peux rien faire. Il y a une petite certitude que malgré tout, malgré ton chagrin, malgré mon impuissance, nous allons nous en sortir. Je marche près de toi, ça me touche de te voir si mal, comme ça, les traits tirés, livide, le ventre... Mais ce n'est pas mon histoire, alors je ne me laisse pas envahir et je suis soulagée d'y parvenir. C'est bien que l'un de nous deux garde sa force. Tu n'as pas remarqué mais j'ai mis mes baskets. »

Il revint au début, avant Turin. Tiens, ça, c'était dans son appartement, la veille du départ peut-être :

« Le linge sèche sur le radiateur, la nuit est claire grâce à Bref vitres, il y a des pommes, du thé et du lait. Je ne vais pas m'envoler ni m'échapper. Je ne peux pas dire que j'ai peur, ce sont des souvenirs de peurs enfouies qui me submergent. L'idée que je mérite la mort pour avoir échoué, pour avoir fait souffrir, pour avoir trompé. Ça me remplit de moisissure. »

Et soudain cette phrase, ahurissante :

« Je ne serai jamais ta femme, Marc, c'est une évidence qui me brise le cœur. »

Alors il voulut aussitôt connaître la fin, revenir à Turin, en proie à une forme d'affolement, ou d'impuissance, qui l'empêchait absolument de découvrir le manuscrit ligne à ligne depuis le début. Il nota que dans les toutes dernières pages l'écriture était moins chaotique, et aussi qu'Hélène était passée subitement de l'encre noire à la couleur bleue. Il décida qu'il allait lire cette ultime partie en bleu, oui, et il chercha fébrilement où elle commençait. « Mon chéri », lut-il. Mais alors il s'interrompit, quelque chose ne collait pas, elle ne l'appelait pas « mon chéri » en ce temps-là, c'était venu après la naissance de Colline. À ce moment il comprit que ces pages, elle venait de les ajouter.

« Mon chéri, reprit-il,

« pendant dix ans j'ai cru que tu avais volontairement "oublié" mon cahier. Que tu avais commencé de le lire, que tu l'avais même peut-être lu entièrement, ce dernier matin, à Turin, et que tu avais décidé de le laisser là. Les premiers temps, je ne savais pas comment interpréter ce geste. Je te disais tout de moi dans ces lettres, presque tout (elles sont très indécentes, tu le sais, maintenant, puisque tu viens de les lire), et tu n'en voulais pas. C'était sans doute que je te dégoûtais et cela me rendait malade. Mais en même temps je voyais bien dans la vie de tous les jours que je ne te dégoûtais pas. J'apparaissais et tu me prenais dans tes bras. Tu ne disais rien mais je t'entendais respirer dans mes cheveux. Il m'a fallu plusieurs mois pour comprendre combien tu avais eu raison de nous débarrasser de ce journal impudique. Et c'est toi qui me l'as fait comprendre, par ta façon d'être, par ta discrétion. Jamais je n'avais vu un homme amoureux aussi peu curieux. Tu ne m'interrogeais pas, ce que j'avais fait dans la journée ne semblait pas beaucoup te préoccuper, ni les personnes que j'avais rencontrées. J'étais là et tu étais manifestement content de m'enlacer ; je repartais, parfois pour plusieurs jours, et tu ne m'écoutais pas quand je voulais te dire où j'allais, qui je verrais. Je découvrais petit à petit qu'on peut construire une histoire sans tout livrer de soi, et même que la nôtre se construisait sur le mystère préservé de chacun, sur le respect des secrets. Les années passaient, et chaque fois que je pensais à mon cahier je me sentais pleine de gratitude pour ton intelligence : tu m'avais libérée d'une Hélène dont je t'accablais à peine le premier baiser échangé, pour me permettre d'en inventer une autre, avec tous les droits, y compris celui d'oublier, celui de mentir.

« D'en inventer une autre dans ton regard, je veux dire, comme tu t'es peut-être inventé dans le mien différent de l'homme que tu étais quand tu vivais avec Agnès. On sait peu de chose l'un de l'autre, on sait ce qu'on veut bien donner à voir, le meilleur sans doute, pour le reste, chacun peut imaginer ce qu'il veut. Est-ce que je suis très différente "en vrai" de l'image que tu as de moi ?

Quelle importance puisque j'aime me regarder chaque jour dans le miroir que tu me tends. J'ai même fini par me trouver jolie dans tes yeux, tandis qu'avant de te connaître j'étais sans cesse aveuglée par cette moisissure dont je te parle plus haut.

« Qu'il y ait une part d'illusion dans ce qui nourrit notre histoire, nous nous en doutions, n'est-ce pas, et voilà que le malentendu du cahier en apporte la preuve. Ce n'est donc pas par intelligence que tu nous as protégés de mes aveux, mais par négligence, par indifférence. Ça ne t'intéressait pas, tout simplement. Ce que pendant dix ans j'ai pris pour un éclair de raffinement n'était en réalité qu'un soupir d'ennui.

« Pour le reste, je ne me suis pas trompée, tu aimes donner la vie, tu es très "créateur" comme garçon. Je l'ai su en t'observant de ma fenêtre, le soir, ce premier été, alors que tu ignorais encore mon existence. Après avoir couché Claire et David, tu revenais dans ton jardin avec une grosse lampe électrique et tu allais et venais. Tu t'accroupissais et tu grattais la terre avec tes ongles, ou tu allais prendre un petit râteau d'enfant dans l'appentis et tu grattais ici et là. Tu retirais des cailloux et tu les jetais rageusement par-dessus la haie. Tu étais en colère et j'ai vite compris que tu te demandais comment faire pousser de la jolie herbe sur une si pauvre terre. Ensuite je t'ai vu arroser, soir après soir. Tu n'étais pas du tout désinvolte quand tu arrosais, comme certains hommes qui chantonnent, tu sais, et qu'on devine pressés d'en finir, non, toi tu t'appliquais à ne rien oublier et tu repassais méthodiquement le jet bien partout. Tu ne pensais certainement à rien d'autre qu'à cette terre qui avait besoin de toi pour faire germer les petites graines que tu y avais mises. Quand le téléphone sonnait – cela dut arriver deux ou trois fois –, tu te retournais furieux vers la maison, mais tu n'y allais pas. Ensuite tu coupais l'eau, tu venais t'asseoir sur les marches du perron et tu scrutais ton jardin dans la nuit comme si tu t'attendais à voir surgir les petits brins d'herbe. Dans un moment comme celui-ci je me suis mise à penser que je voulais être ta femme, je l'ai pensé très très fort, ça m'a fait tourner la tête, et comme nous ne nous connaissions pas je te l'ai aussitôt écrit dans mon cahier en t'avertissant que j'allais te rendre très malheureux si tu avais un jour le tort d'accepter.

« J'ai repensé à ton idée d'écrire un livre sur moi, sur nous. Tu vas le faire, bien sûr, mais pour le moment tu ne sais pas comment t'y prendre pour traduire en mots l'indicible, cette mystérieuse curiosité qui continue de nous pousser l'un vers l'autre et que rien ne semble pouvoir assouvir. Tu ne sais pas comment t'y prendre, tu tournes en rond, et tu fais des choses qui ne te ressemblent pas du tout. L'autre jour je t'ai vu au restaurant qui m'espionnais, toi si discret... Tu te caches très mal, mon chéri, tu n'as pas l'habitude, j'avais peur que les autres ne te repèrent également. Tu venais te promener furtivement dans ma vie, comme si tu espérais une solution pour ton livre de la découverte d'un quelconque secret – comme tu espères un miracle de mon cahier, je le vois –, alors qu'au fond tu sais bien que le jour où nous n'aurons plus de secrets l'un pour l'autre, non seulement tu n'auras plus envie d'écrire ce livre, mais ça sera fini, nous serons détruits l'un pour l'autre. Tu vas trouver comment faire, comment parler de nous, de moi, en ne disant presque rien finalement, juste ce sourire qu'on sent monter de l'intérieur quand on sait qu'on va se retrouver.

« Le cahier, je ne t'ai pas dit par quel hasard je l'ai récupéré. On a quitté l'hôtel vers midi, mais aussitôt dans la rue, tu t'en souviens peut-être, j'ai eu envie de faire pipi. C'était tout de même long le chemin à pied de la place San Carlo jusqu'à la gare. Je t'ai demandé de m'attendre une minute et je suis remontée. J'ai prétendu avoir oublié un truc dans la chambre et l'hôtelier m'a rendu la clé. Mon cahier était posé bien en évidence sur la table, on le voyait au premier coup d'œil, de sorte qu'il était difficile de croire qu'il n'avait pas été abandonné là à dessein.

« Toutes ces années je ne voulais pas retourner à Turin, mais maintenant je veux bien. On ira ? »

10040

Composition
FACOMPO

Achevé d'imprimer en Espagne
par BLACK PRINT CPI IBERICA
22 juillet 2012.

Dépôt légal : juillet 2012.
EAN 9782290057322
L21EPLN001268N001

ÉDITIONS J'AI LU
87, quai Panhard-et-Levassor, 75013 Paris

Diffusion France et étranger : Flammarion